KB018070

한국어역 만엽집 3

- 만엽집 권제4 -

한국어역 만엽집 3

- 만엽집 권제4 -

이 연 숙

도서출판 박이정

추천의 글

대장정의 출발
이연숙 박사의 『한국어역 만엽집』 간행을 축하하며

이연숙 박사는 이제 그 거대한 『만엽집』의 작품들에 주를 붙이고 해석하여 한국어로 본문을 번역한다. 더구나 해설까지 덧붙임으로써 연구도 겸한다고 한다.

일본이 자랑하는 대표적인 고전문학이 한국에서 재탄생하게 된 것이다. 다만 총 20권 전 작품을 번역하여 간행하기 위해서는 오랜 세월을 기다리지 않으면 안 된다. 현재 권 제4까지 번역이 되어 3권으로 출판이 된다고 한다.

『만엽집』 전체 작품을 번역하는데 오랜 세월이 걸리는 것은 틀림없다. 그러나 대완성을 향하여 이제 막 출발을 한 것이다. 마치 일대 대장정의 첫발을 내디딘 것이 된다.

이 출발은 한국, 일본뿐만이 아니라 전 세계적으로도 대단한 일이라고 할 수 있다.

사실 『만엽집』은 천년도 더 된 오래된 책이며 방대한 분량일 뿐만 아니라 단어도 일본 현대어와 다르다. 그러므로 『만엽집』의 완전한 번역은 아직 세계에서 몇 되지 않는다.

영어, 프랑스어, 체코어 그리고 중국어로 번역되어 있는 정도이다.

한국어의 번역에는 김사엽 박사의 번역이 있지만 유감스럽게도 전체 작품의 번역은 아니다. 그 부분을 보완하여 이연숙 박사가 전체 작품을 번역하게 된다면 세계에서 외국어로는 다섯 번째로 한국어역 『만엽집』이 탄생하게 되는 것이다. 중국어 번역은 두 사람에 의해 이루어졌으므로 이연숙 박사는 세계의 영광스러운 6명 중의 한 사람이 되는 것이다.

『만엽집』의 번역이 이렇게 적은 이유로 몇 가지를 들 수 있다.

첫째, 이미 말하였듯이 작품의 방대함이다. 4500여 수를 번역하는 것은 긴 세월이 필요하므로 젊었을 때부터 시작하지 않으면 안 되는 것이다.

둘째로, 『만엽집』은 시이기 때문이다. 산문과 달라서 독특한 언어 사용법이 있으며 내용을 생략하여 압축된 부분도 많다. 그러므로 마찬가지로 방대한 분량인 『源氏物語』 이상으로 번역하기가 어려울 것이다.

셋째로, 고대어이므로 정확한 의미를 파악하기가 힘이 든다는 것이다. 더구나 천년 이상 필사가 계속되어 왔으므로 오자도 있다. 그래서 일본의 『만엽집』 전문 연구자들도 이해할 수 없는 단어들이 있다. 외국인이라면 일본어가 웬만큼 숙달되어 있지 않으면 단어의 의미를 찾아내기가 불가능한 것이다.

넷째로, 『만엽집』의 작품은 당시의 관습, 사회, 민속 등 일반적으로 문학에서 다루는 이상으로 광범위한 분야에 대한 지식이 없으면 이해하기 어려운 것이다. 번역자로서도 광범위한 학문적 토대와 종합적인 지식이 요구되는 것이다. 그러므로 어지간해서는 『만엽집』에 손을 댈 수 없는 것이다.

간략하게 말해도 이러한 어려움이 있는 것이다. 과연 영광의 6인에 들어가기가 그리 쉬운 일이 아님을 누구나 알 수 있을 것이다.

그러나 이연숙 박사는 이것이 가능하다고 생각된다. 아직 젊을 뿐만 아니라 오랜 세월 동안 『만엽집』의 대표적인 연구자로서 자타가 공인하는 업적을 쌓아왔으므로 그 성과를 토대로 하여 지금 출발을 하면 그렇게 오랜 세월이 걸리지 않을 것이라 생각된다. 고대 일본어의 시적인 표현도 이해할 수 있으므로 번역이 가능하리라 확신을 한다.

특히 이연숙 박사는 향가를 깊이 연구한 실적도 평가받고 있는데, 향가야말로 일본의 『만엽집』에 필적할 만한 한국의 고대문학이므로 『만엽집』을 이해하기 위한 소양이 충분히 갖추어졌다고 생각되기 때문이다.

이러한 여러 점을 생각하면 지금 이연숙 박사의『한국어역 만엽집』의 출판 의의는 충분히 잘 알 수 있는 것이다.

김사엽 박사도『만엽집』한국어역의 적임자의 한 사람이었다고 생각되며 사실 김사엽 박사의 책은 일본에서도 높이 평가되고 있고 山片蟠桃상을 받은 바 있다. 그러나 이 번역집은 완역이 아니다. 김사엽 박사는 완역을 하지 못하고 유명을 달리하였다.

그러므로 그 뒤를 이어서 이연숙 박사는『만엽집』을 완역하여서 위대한 업적을 이루기를 바란다. 그런 의미에서도 이 책의 출판의 의의가 큰 것을 알 수 있다.

이러한 대장정의 출발로 나는 이연숙 박사의『한국어역 만엽집』의 출판을 진심으로 기뻐하며 깊은 감동과 찬사를 금할 길이 없다. 전체 작품의 완역 출판을 기다리는 마음 간절하다.

2012년 6월

中西 進

책머리에

『萬葉集』은 629년경부터 759년경까지 약 130년간의 작품 4516수를 모은, 일본의 가장 오래된 가집으로 총 20권으로 이루어져 있다. 『만엽집』은, 많은(萬) 작품(葉)을 모은 책(集)이라는 뜻, 萬代까지 전해지기를 바라는 작품집이라는 뜻 등으로 해석되고 있다. 이 책에는 이름이 확실한 작자가 530여명이며 전체 작품의 반 정도는 작자를 알 수 없다.

일본 『만엽집』을 접한 지 벌써 30년이 지났다. 『만엽집』을 처음 접하고 공부를 하는 동안 언젠가는 번역을 해보아야겠다는 꿈을 가지게 되었다. 그때 막연히 생각했던 것은 자수율에 맞추는 것, 그리고 단순한 번역이 아니라 각 작품마다 일본의 중요한 주석서, 논문들을 모두 참고하여 연구서에 버금가는 전문 번역서를 꿈꾸었다.

몇 작품을 그렇게 시도를 해보니 시간이 엄청나게 걸렸다. 그 작업에만 전념해도 평생 다하지 못할 작업 같았고, 또한 처음에 연구 논문을 쓰면서 필요한 작품들을 번역할 때마다 자수율에 맞춘다는 것이 쉽지 않다는 것을 알았다. 그래서 엄두를 못 내고 있는 동안 번역에 대한 생각도 서서히 잊혀져 갔다.

그런데 몇 년 전에 마치 일생의 빚인 것처럼, 거의 잊다시피 하고 있던 번역에 대한 부담감이 다시 되살아났다. 자수율에 맞추는 것은 세월이 흐르면서 조금씩 익숙해지게 되었으므로 필요한 곳에 간단한 해설을 붙이는 정도라면 번역을 해 볼 만하다는 생각이 들었다. 그래서 번역을 시작하였다.

처음에는 텍스트를 정하지 않고 몇몇 주석서를 참고로 하여 권 제1부터 권 제4까지 번역을 하였다. 권 제4까지 겨우 작업을 다 해놓고 한시름 놓았는가 하고 보니 완전한 주석서가 아니라면 훈독 등 다양한 문제가 있으므로 텍스트를 정하는 것이 좋겠다는 생각이 들었다. 그래서 講談社에서 출판된 中西 進 교수의 『만엽집』(1985)을 텍스트로 정하였다. 그러다 보니 모든 작업이 다시 원점으로 돌아가게 되었다. 萬葉假名(망요오가나)원문, 훈독, 가나문을 한 글자씩 모두 다시 텍스트와 대조하면서 고쳐야 했을 뿐만 아니라 번역도 한 작품 한 작품을 텍스트에 맞추어 다시

하게 되었다. 주도 전체는 아니지만 필요한 부분을 선택하여 번역을 하지 않을 수 없게 되었다. 그러다 보니 해설 부분도 고쳐 써야만 했다. 거의 새로 작업을 하다시피 한 셈이 되고 만 것이다.

이런 과정들을 거치면서 번역을 왜 시작을 하였던가 하고 사실 여러 번 후회를 하였다. 시력도 나빠지고 몸살이 날 때마다 힘이 되어 준 것은, 작업하다가 고개를 돌리면 바로 눈에 들어오는 왼쪽 벽 책장에 꽂혀있는 諸橋轍次 교수의 『대한화사전』 총 13권이었다. 그 사전의 서문에 적혀 있는, 사전이 출판되기까지의 전설적인 이야기를 생각하면 많은 어려움을 이겨낸 諸橋轍次 교수의 인내심에 저절로 고개가 숙여지고, 지금 이 정도의 작업은 아무것도 아니라고 스스로 부끄러워지면서 힘을 내지 않을 수 없었기 때문이다.

이번에 권 제4까지 번역하였으므로 세 권이 출판되는 것이지만 권 제20까지 가야할 길이 멀다. 시작을 한 이상 완결할 수 있어야 하는데 남은 16권의 번역을 앞으로 또 어떻게 해나가야 할지, 앞으로 몇 년이 걸릴지도 모르는 것을 생각하면 사실 아득하고 왜 시작을 하였던가 역시 후회가 되기도 한다. 그래서 요즈음 자주 떠올리는 것이 '시작이 반이다'라는 우리 속담이다. 시작을 하였으니 반이 된 셈이고 반이 되었으니 끝이 있겠지 하고 스스로를 위로해 본다.

『만엽집』의 최초의 한국어 번역은 1984년부터 1991년까지 일본 成甲書房에서 출판된 김사엽 교수의 『한역 만엽집』(1~4)이다. 이 번역서가 출판된 지 30년 가까이 되었지만 그동안 보지 않았다. 왜냐하면 스스로 번역을 시도해 보지도 않고 다른 사람의 번역을 접하게 되면 자연히 그 번역에 치우치게 되어 자신이 번역을 할 때 오히려 지장이 있을 수 있다고 생각되었기 때문이다. 작년에 일단 권 제4까지 번역을 하고 나서야 처음으로 살펴보았다.

김사엽 교수의 번역집은 『만엽집』의 최초의 한글 번역이라는 점에서 그 의의는 매우 크다고 할 수 있다. 그러나 살펴보니 몇 가지 아쉬운 점도 있었다.

『만엽집』 권 제16, 3889번가까지 번역이 된 상태여서 완역이 이루어지지 않았다는 점, 텍스트를 밝히지 않고 있는데 내용을 보면 岩波書店의 일본고전문학대계 『만엽집』을 사용하다가 중간에는 中西 進 교수의 『만엽집』으로 텍스트를 바꾼 점, 음수율을 고려하지 않은 점, 고어를 많이 사용하였다는 점, 세로쓰기라는 점 등을 들 수 있다. 그러나 당시로서는 어쩔 수 없는 상황도 있었을 것이라 생각된다. 또 이런 선학들의 노고가 있었기에 한국에서 『만엽집』에 대한 관심도 지속되어 온 것이라 생각되므로 감사드린다.

본인도 이번 번역을 통해 한일 고대문학 연구의 하나의 디딤돌이 되기를 바란다. 나름대로 번역을 한다고 했지만 아직 부족한 점들이 많을 것이다. 『만엽집』 작품이 총 4516수로 분량이 워낙 방대하지만 앞으로 또 여러 번역본이 나올 수 있기를 바란다.

부족한 나의 인생길을 늘 인도해주시는 하나님께 영광을 돌려 드리며, 번역 작업하는 것을 보고 힘내라고 하며 용기를 준 가족들에게도 고마움을 표한다.

講談社의 『만엽집』을 번역할 수 있도록 허락하여 주시고 추천의 글까지 써주신 中西 進 교수님, 많은 격려를 하여 주신 辰巳正明 교수님께 깊이 감사를 드린다. 그리고 약 30년 전에 배웠던 小堀桂一郎 교수님, 稻岡耕二 교수님 모든 분들의 은혜도 잊을 수가 없다.

『만엽집』 노래를 소재로 한 작품들을 표지에 사용할 수 있도록 허락하여 주신 일본 奈良縣立萬葉文化館의 中山 悟 관장님과 자료를 보내어 주신 西田彩乃 학예원께도 감사드린다.

그리고 이 번역서가 출판될 수 있도록 흔쾌히 도와주신 박이정의 박찬익 사장님, 이 책이 나오기까지 애써주신 김민영 · 이기남 팀장님께도 이 자리를 빌어 깊이 감사를 드린다.

2012. 6. 20

四告 向 静室에서

일러두기

1. 왼쪽 페이지에 萬葉假名, 일본어 훈독, 가나문, 左注(작품 왼쪽에 붙어 있는 주: 있는 작품의 경우에 해당함) 순으로 원문을 싣고 주를 그 아래에 첨부하였다.
2. 오른쪽 페이지에는 원문과 바로 대조하면서 볼 수 있도록 작품의 번역을 하였다.
   그 아래에 해설을 덧붙여서 노래를 알기 쉽게 설명하면서 차이가 나는 해석은 다른 주석서를 참고하여 여러 학설을 제시함으로써 이해를 돕고자 하였다.
3. 萬葉假名 원문의 경우는 원문의 한자에 충실하려고 하였지만 훈독이나 주의 경우는 한국의 상용한자로 바꾸었다.
4. 텍스트에는 가나문이 따로 있지 않고 필요한 경우에 한자 위에 가나를 적은 상태인데, 번역서에서 가나문을 첨부한 이유는, 훈독만으로는 읽기 힘든 경우가 있으므로 작품을 정확하게 읽을 수 있도록 돕기 위함과 동시에 번역의 자수율과 원문의 자수율을 대조해 볼 수 있도록 하기 위함이었다.
5. 제목에서 인명에 '천황, 황태자, 황자, 황녀' 등이 붙은 경우는 일본식 읽기를 그대로 적었으나 해설에서는 위 호칭들을 한글로 바꾸어서 표기를 하는 방식을 택하였다. 한글로 바꾸면 전체적인 읽기가 좀 어색한 경우는 예외적으로 호칭까지 일본식 읽기를 그대로 표기한 경우도 가끔 있다.
6. 고유명사를 일본어 읽기로 표기하면 무척 길어져서 잘못 띄어 읽을 수 있기 때문에 가능하면 성과 이름 등은 띄어쓰기를 하였다.
7. 『만엽집』에는 특정한 단어를 상투적으로 수식하는 수식어인 마쿠라 코토바(枕詞)라는 것이 있다. 어원을 알 수 있는 것도 있지만 알 수 없는 것도 많다. 中西 進 교수는 가능한 한 해석을 하려고 시도를 하였는데 대부분의 주석서에서는 괄호로 묶어 해석을 하지 않고 있다. 이 번역서에서도 괄호 속에 일본어 발음을 그대로 표기를 하고, 어원이 설명 가능한 것은 해설에서 풀어서 설명하는 방향으로 하였다. 그러므로 번역문을 읽을 때에는 괄호 속의 枕詞를 생략하고 읽으면 내용이 연결이 될 수 있다.
8. 해설에서 사용한 大系, 私注, 注釋, 全集, 全注 등은 주로 참고한 주석서들인데 다음 책들을 요약하여 표기한 것이다.

   大系: 日本古典文學大系『萬葉集』1~4 [高木市之助 五味智英 大野晉 校注, 岩波書店, 1981]
   全集: 日本古典文學全集『萬葉集』1~4 [小島憲之 木下正俊 佐竹昭廣 校注, 小學館, 1981~1982]
   私注:『萬葉集私注』1~10 [土屋文明, 筑摩書房, 1982~1983]
   注釋:『萬葉集注釋』1~20 [澤瀉久孝, 中央公論社, 1982~1984]
   全注:『萬葉集全注』1~20 [伊藤 博 外, 有斐閣, 1983~1994]

차례

❀ 추천의 글 ········· 5
❀ 글머리에 ········· 8
❀ 일러두기 ········· 11
❀ 작품 목록 ········· 13
❀ 만엽집 권 제4 ········· 21

작품 목록

만엽집 권 제4 목록

相聞

- 나니하(難波)천황의 누이 황녀가 야마토(大和)에 있는 오라버니 천황에게 바친 노래 1수 (484)
- 오카모토(崗本)천황이 지은 노래 1수와 短歌 (485～487)
- 누카타노 오호키미(額田王)가 아후미(近江)천황을 그리워하여서 지은 노래 1수 (488)
- 카가미노 오호키미(鏡王女)가 지은 노래 1수 (489)
- 후키노 토지(吹茨刀自)의 노래 2수 (490～491)
- 타베노 이미키 이치히코(田部忌寸櫟子)가 大宰에 임명되었을 때 노래 4수 (492～495)
- 카키노모토노 아소미 히토마로(柿本朝臣人麿)의 노래 4수 (496～499)
- 고노 단오치(碁檀越)가 이세(伊勢)국에 갔을 때 집에 남아 있던 아내가 지은 노래 1수 (500)
- 카키노모토노 아소미 히토마로(柿本朝臣人麿)의 노래 3수 (501～503)
- 카키노모토노 아소미 히토마로(柿本朝臣人麿)의 노래 1수 (504)
- 아베노 이라츠메(安倍女郎)의 노래 2수 (505～506)
- 스루가(駿河)의 采女의 노래 1수 (507)
- 미카타(三方) 사미의 노래 1수 (508)
- 타지히노 마히토 카사마로(丹比眞人笠麿)가 츠쿠시(筑紫)국에 내려갈 때 지은 노래 1수와 短歌 (509～510)
- 이세(伊勢)국에 행차했을 때 타기마노 마로(當麻麿)大夫의 아내가 지은 노래 1수 (511)
- 카야 오토메(草嬢)의 노래 1수 (512)
- 시키노 미코(志貴황자)의 노래 1수 (513)
- 아베노 이라츠메(阿倍女郎)의 노래 1수 (514)
- 나카토미노 아소미 아즈마히토(中臣朝臣東人)가 아베노 이라츠메(阿倍女郎)에게 보낸 노래 1수 (515)
- 아베노 이라츠메(阿倍女郎)가 답하여 보낸 노래 1수 (516)
- 大納言 겸 대장군 오호토모(大伴)경의 노래 1수 (517)
- 이시카하노 이라츠메(石川郎女)의 노래 1수 [즉 사호(佐保)의 오호토모(大伴)의 아내이다] (518)

- 오호토모노 이라츠메(大伴女郎)의 노래 1수 [이마키노 오호키미(今城王)의 母이다. 今城王은 후에 오호하라노 마히토(後賜大原眞人)의 氏를 받았다] (519)
- 훗날 어떤 사람이 이 작품에 追和한 노래 1수 (520)
- 후지하라노 우마카이(藤原宇合)大夫가 전근해서 상경할 때 히타치노 오토메(常陸娘子)가 보낸 노래 1수 (521)
- 京職 후지하라노(藤原)大夫가 오호토모노 이라츠메(大伴郎女)에게 보낸 노래 3수 [경의 본명은 마로(麿)라고 하였다] (522～524)
- 오호토모노 이라츠메(大伴郎女)가 답한 노래 4수 (525～528)
- 또 오호토모노 사카노우헤노 이라츠메(大伴坂上郎女)의 노래 1수 (529)
- 천황(聖武천황)이 우나카미노 오호키미(海上女王)에게 보낸 노래 1수 [寧樂宮(平城宮)에서 즉위한 천황이다] (530)
- 우나카미노 오호키미(海上女王)가 답해서 올린 노래 1수 [시키노 미코(志貴황자)의 딸이다] (531)
- 오호토모노 스쿠나마로노 스쿠네(大伴宿奈麿宿禰)의 노래 2수 [사호(佐保)의 大納言卿(安麿)의 셋째 아들이다] (532～533)
- 아키노 오호키미(安貴王)의 노래 1수와 短歌 (534～535)
- 카도베노 오호키미(門部王)의 사랑의 노래 1수 (536)
- 타카타노 오호키미(高田女王)가 이마키노 오호키미(今城王)에게 보낸 노래 6수 (537～542)
- 神龜 원년 甲子(724) 겨울 10월에 키(紀伊)국에 행차했을 때 從駕한 사람에게 보내기 위하여, 어떤 娘子에게 부탁받아 카사노 아소미 카나무라(笠朝臣金村)가 지은 노래 1수와 短歌 (543～545)
- (神龜) 2년 乙丑 봄 3월에 미카노하라(三香原) 離宮에 행차했을 때 娘子를 얻어서 카사노 아소미 카나무라(笠朝臣金村)가 지은 노래 1수와 短歌 (546～548)
- (神龜) 5년 戊辰(728)에 大宰少弐 이시카하노 타리히토노 아소미(石川足人朝臣)가 轉任했으므로 치쿠시노 미치노쿠치(筑前)국의 아시키(蘆城)의 驛家에서 송별연을 열었을 때의 노래 3수 (549～551)
- 오호토모노 스쿠네 미요리(大伴宿禰三依)의 노래 1수 (552)

• 니후노 오호키미(丹生女王)가 大宰帥 오호토모(大伴)경에게 보낸 노래 2수 (553～554)
• 大宰帥 오호토모(大伴)경이 大貳 타지히(丹比) 縣守卿이 民部卿으로 轉任할 때 보낸 노래 1수 (555)
• 카모노 오호키미(賀茂女王)가 오호토모노 스쿠네 미요리(大伴宿禰三依)에게 보낸 노래 1수 (556)
• 하니시노 스쿠네 미미치(土師宿禰水道)가 츠쿠시(筑紫)에서 상경하는 海路에서 지은 노래 2수 (557～558)
• 大宰 大監 오호토모노 스쿠네 모모요(大伴宿禰百代)의 사랑의 노래 4수 (559～562)
• 오호토모노 사카노우헤노 이라츠메(大伴坂上郎女)의 노래 2수 (563～564)
• 카모노 오호키미(賀茂女王)의 노래 1수 (565)
• 大宰 大監 오호토모노 스쿠네 모모요(大伴宿禰百代) 등이 驛使에게 보낸 노래 2수 (566～567)
• 大宰帥 오호토모(大伴)경이 大納言에 임명되어 상경하려고 했을 때(天平 2년 12월) 大宰府의 官人들이 경을 츠쿠시노 미치노쿠치(筑前)국의 아시키(蘆城)의 驛家에서 전별연을 베풀었을 때의 노래 4수 (568～571)
• 大宰帥 오호토모(大伴)경이 상경한 후에 사미 만제이(滿誓)가 경에게 보낸 노래 2수 (572～573)
• 大納言 오호토모(大伴)경이 사미 만제이(滿誓)에게 답한 작품 (574～575)
• 大宰帥 오호토모(大伴)경이 상경한 후에 筑後守 후지이노 므라지 오호나리(葛井連大成)가 슬퍼하여 지은 노래 1수 (576)
• 大納言 오호토모(大伴)경이 새 조복을 세츠(摂津)의 大夫 타카야스노 오호키미(高安王)에게 보낸 노래 1수 (577)
• 오호토모노 스쿠네 미요리(大伴宿禰三依)가 이별을 슬퍼하는 노래 1수 (578)
• 요노묘오군(余明軍)이 오호토모노 스쿠네 야카모치(大伴宿禰家持)에게 보낸 노래 2수 [묘오군(明軍)은 大納言卿의 資人이다] (579～580)
• 오호토모노 사카노우헤(大伴坂上)가의 큰 딸이 오호토모노 스쿠네 야카모치(大伴宿禰家持)에게 답하여 보낸 노래 4수 (581～584)
• 오호토모노 사카노우헤노 이라츠메(大伴坂上郎女)의 노래 1수 (585)
• 오호토모노 스쿠네 이나키미(大伴宿禰稲公)가 타무라노 오호오토메(田村大嬢)에게 보낸 노래 1수 [자매 坂上郎女가 지은 것이다] (586)

- 카사노 이라츠메(笠女郎)가 오호토모노 스쿠네 야카모치(大伴宿禰家持)에게 보낸 노래 24수 (587~610)
- 오호토모노 스쿠네 야카모치(大伴宿禰家持)가 답한 노래 2수 (611~612)
- 야마구치노 오호키미(山口女王)가 오호토모노 스쿠네 야카모치(大伴宿禰家持)에게 보낸 노래 5수 (613~617)
- 오호미와노 이라츠메(大神女郎)가 오호토모노 스쿠네 야카모치(大伴宿禰家持)에게 보낸 노래 1수 (618)
- 오호토모노 사카노우헤노 이라츠메(大伴坂上郎女)가 원망하는 노래 1수와 短歌 (619~620)
- 西海道 절도사 판관 사헤키노 스쿠네 아즈마히토(伯宿禰東人)의 아내가 남편에게 보낸 노래 1수 (621)
- 사헤키노 스쿠네 아즈마히토(佐伯宿禰東人)가 답한 노래 1수 (622)
- 이케베노 오호키미(池邊王)가 연회에서 誦詠한 노래 1수 (623)
- 천황(聖武천황)이 사카히토노 오호키미(酒人女王)를 생각해서 지은 노래 1수 [女王은 호즈미노 미코(穗積황자)의 손녀이다] (624)
- 타카야스노 오호키미(高安王)가 포장한 붕어를 娘子에게 보낸 노래 1수 [高安王은 후에 大原眞人의 氏를 받았다] (625)
- 야시로노 오호키미(八代女王)가 천황(聖武천황)에게 바친 노래 1수 (626)
- 娘子가 사헤키노 스쿠네 아카마로(佐伯宿禰赤麿)에게 답하여 보낸 노래 1수 (627)
- 사헤키노 스쿠네 아카마로(佐伯宿禰赤麿)가 답한 노래 1수 (628)
- 오호토모노 요츠나(大伴四綱)의 연회에서의 노래 1수 (629)
- 사헤키노 스쿠네 아카마로(佐伯宿禰赤麿)의 노래 1수 (630)
- 유하라노 오호키미(湯原王)가 娘子에게 보낸 노래 2수 [시키노 미코(志貴황자)의 아들이다] (631~632)
- 娘子가 답하여 보낸 노래 2수 (633~634)
- 유하라노 오호키미(湯原王)가 또 보낸 노래 2수 (635~636)
- 娘子가 다시 답하여 보낸 노래 1수 (637)
- 유하라노 오호키미(湯原王)가 또 보낸 노래 1수 (638)
- 娘子가 다시 답하여 보낸 노래 1수 (639)

- 유하라노 오호키미(湯原王)가 또 보낸 노래 1수 (640)
- 娘子가 다시 답하여 보낸 노래 1수 (641)
- 유하라노 오호키미(湯原王)의 노래 1수 (642)
- 키노 이라츠메(紀郎女)의 원망하는 노래 3수 [카히토(鹿人)大夫의 딸로 이름은 오시카(小鹿)라고 한다. 아키노 오호키미(安貴王)의 아내이다] (643~645)
- 오호토모노 스쿠네 스루가마로(大伴宿禰駿河麿)의 노래 1수 (646)
- 오호토모노 사카노우헤노 이라츠메(大伴坂上郎女)의 노래 1수 (647)
- 오호토모노 스쿠네 스루가마로(大伴宿禰駿河麻呂)의 노래 1수 (648)
- 오호토모노 사카노우헤노 이라츠메(大伴坂上郎女)의 노래 1수 (649)
- 오호토모노 스쿠네 미요리(大伴宿禰三依)가 헤어졌다가 다시 만난 것을 기뻐하는 노래 1수 (650)
- 오호토모노 사카노우헤노 이라츠메(大伴坂上郎女)의 노래 2수 (651~652)
- 오호토모노 스쿠네 스루가마로(大伴宿禰駿河麻呂)의 노래 3수 (653~655)
- 오호토모노 사카노우헤노 이라츠메(大伴坂上郎女)의 노래 6수 (656~661)
- 이치하라노 오호키미(市原王)의 노래 1수 (662)
- 아토노 스쿠네 토시타리(安都宿禰年足)의 노래 1수 (663)
- 오호토모노 스쿠네 카타미(大伴宿禰像見)의 노래 1수 (664)
- 아베노 아소미 무시마로(安倍朝臣蟲麿)의 노래 1수 (665)
- 오호토모노 사카노우헤노 이라츠메(伴坂上郎女)의 노래 2수 (666~667)
- 아츠미노 오호키미(厚見王)의 노래 1수 (668)
- 카스가노 오호키미(春日王)의 노래 1수 [시키노 미코(志貴황자)의 아들. 母는 타키노 히메미코(多紀皇女)이다] (669)
- 유하라노 오호키미(湯原王)의 노래 1수 (670)
- 답한 노래 1수 [작자는 알 수 없다] (671)
- 아베노 아소미 무시마로(安倍朝臣蟲麿)의 노래 1수 (672)

- 오호토모노 사카노우헤노 이라츠메(大伴坂上郎女)의 노래 2수 (673~674)
- 나카토미노 이라츠메(中臣女郎)가 오호토모노 스쿠네 야카모치(大伴宿禰家持)에게 보낸 노래 5수 (675~679)
- 오호토모노 스쿠네 야카모치(大伴宿禰家持)가 교유하던 사람과 작별했을 때의 노래 3수 (680~682)
- 오호토모노 사카노우헤노 이라츠메(大伴坂上郎女)의 노래 7수 (683~689)
- 오오토모노 스쿠네 미요리(大伴宿禰三依)가 이별을 슬퍼한 노래 1수 (690)
- 오호토모노 스쿠네 야카모치(大伴宿禰家持)가 娘子에게 보낸 노래 2수 (691~692)
- 오호토모노 스쿠네 치무로(大伴宿禰千室)의 노래 1수 [아직 잘 알 수 없다] (693)
- 히로카하노 오호키미(廣河女王)의 노래 2수 [호즈미노 미코(穗積황자)의 손녀이며 카미츠미치노 오호키미(上道王)의 딸이다] (694~695)
- 이시카하노 아소미 히로나리(石川朝臣廣成)의 노래 1수 [후에 高圓朝臣의 氏를 받았다] (696)
- 오호토모노 스쿠네 카타미(大伴宿禰像見)의 노래 3수 (697~699)
- 오호토모노 스쿠네 야카모치(大伴宿禰家持)가 娘子의 문에 이르러 지은 노래 1수 (700)
- 카후치노 모모에노 오토메(河内百枝娘子)가 오호토모노 스쿠네 야카모치(大伴宿禰家持)에게 보낸 노래 2수 (701~702)
- 카무나기베노 마소노 오토메(巫部麻蘇娘子)의 노래 2수 (703~704)
- 오호토모노 스쿠네 야카모치(大伴宿禰家持)가 童女에게 보낸 노래 1수 (705)
- 童女가 답하여 보낸 노래 1수 (706)
- 아하타메노 오토메(粟田女娘子)가 오호토모노 스쿠네 야카모치(大伴宿禰家持)에게 보낸 노래 2수 (707~708)
- 토요노 미치노쿠치(豊前)국의 娘子 오호야케메(大宅女)의 노래 1수 [아직 성씨는 확실하지 않다] (709)
- 아토노 토비라노 오토메(安都扉娘子)의 노래 1수 (710)
- 타니하노 오호메노 오토메(丹波大女娘子)의 노래 3수 (711~713)

- 오호토모노 스쿠네 야카모치(大伴宿禰家持)가 娘子에게 보낸 노래 7수 (714～720)
- 천황(聖武천황)에게 바친 노래 1수
  [오호토모노 사카노우헤노 이라츠메(大伴坂上郎女)가 사호(佐保) 집에 있을 때 지었다] (721)
- 오호토모노 스쿠네 야카모치(大伴宿禰家持)의 노래 1수 (722)
- 오호토모노 사카노우헤노 이라츠메(大伴坂上郎女)가
  토미(跡見)의 농장에서 집에 있는 딸 오호오토메(大嬢)에게 보낸 노래 1수와 短歌 (723～724)
- 천황(聖武천황)에게 바친 노래 2수
  [오호토모노 사카노우헤노 이라츠메(大伴坂上郎女)가 카스가(春日) 마을에 있을 때 지었다] (725～726)
- 오호토모노 스쿠네 야카모치(大伴宿禰家持)가
  사카노우헤(坂上)가의 오호오토메(大嬢)에게 보낸 노래 2수 (727～728)
- 오호토모노 사카노우헤노 오호오토메(大伴坂上大嬢)가
  오호토모노 스쿠네 야카모치(大伴宿禰家持)에게 보낸 노래 3수 (729～731)
- 또 오호토모노 스쿠네 야카모치(大伴宿禰家持)가 답한 노래 3수 (732～734)
- 마찬가지로 사카노우헤노 오호오토메(坂上大嬢)가 야카모치(家持)에게 보낸 노래 1수 (735)
- 또 야카모치(家持)가 사카노우헤노 오호오토메(坂上大嬢)에게 답한 노래 1수 (736)
- 마찬가지로 오호오토메(大嬢)가 야카모치(家持)에게 보낸 노래 2수 (737～738)
- 또 야카모치(家持)가 사카노우헤노 오호오토메(坂上大嬢)에게 답한 노래 2수 (739～740)
- 또 오호토모노 스쿠네 야카모치가(大伴宿禰家持)가
  사카노우헤노 오호오토메(坂上大嬢)에게 보낸 노래 15수 (741～755)
- 오호토모노 타무라(大伴田村)가의 오호오토메(大嬢)가
  여동생 사카노우헤노 오호오토메(坂上大嬢)에게 보낸 노래 4수 (756～759)
- 오호토모노 사카노우헤노 이라츠메(大伴坂上郎女)가
  타케다(竹田) 농장에서 딸 오호오토메(大嬢)에게 보낸 노래 2수 (760～761)

- 키노 이라츠메(紀女郎)가 오호토모노 스쿠네 야카모치(大伴宿禰家持)에게 보낸 노래 2수 [女郎은 이름을 오시카(小鹿)라고 한다] (762~763)
- 오호토모노 스쿠네 야카모치(大伴宿禰家持)가 답한 노래 1수 (764)
- 쿠니노 미야코(久邇京)에 있을 때 나라(寧樂) 집에서 집을 지키고 있는 사카노 우헤노 오호오토메(坂上大嬢)를 생각하여 오호토모노 스쿠네 야카모치(大伴宿禰家持)가 지은 노래 1수 (765)
- 후지하라노 이라츠메(藤原郎女)가 이것을 듣고 곧 답한 노래 1수 (766)
- 오호토모노 스쿠네 야카모치(大伴宿禰家持)가 다시 오호오토메(大嬢)에게 보낸 노래 2수 (767~768)
- 오호토모노 스쿠네 야카모치(大伴宿禰家持)가 키노 이라츠메(紀女郎)에게 답하여 보낸 노래 1수 (769)
- 오호토모노 스쿠네 야카모치(大伴宿禰家持)가 쿠니노 미야코(久邇京)에서 사카노우헤노 오호오토메(坂上大嬢)에게 보낸 노래 5수 (770~774)
- 오호토모노 스쿠네 야카모치(大伴宿禰家持)가 키노 이라츠메(紀女郎)에게 보낸 노래 1수 (775)
- 키노 이라츠메(紀女郎)가 야카모치(家持)에게 답하여 보낸 노래 1수 (776)
- 오호토모노 스쿠네 야카모치(大伴宿禰家持)가 다시 키노 이라츠메(紀女郎)에게 보낸 노래 5수 (777~781)
- 키노 이라츠메(紀女郎)가 선물을 친구에게 보낸 노래 1수 [女郎은 이름을 오시카(小鹿)라고 한다] (782)
- 오호토모노 스쿠네 야카모치(大伴宿禰家持)가 娘子에게 보낸 노래 3수 (783~785)
- 오호토모노 스쿠네 야카모치(大伴宿禰家持)가 후지하라노 아소미 쿠스마로(藤原朝臣久須麿)에게 답하여 보낸 노래 3수 (786~788)
- 또 야카모치(大伴宿禰家持)가 후지하라노 아소미 쿠스마로(藤原朝臣久須麿)에게 보낸 노래 2수 (789~790)
- 후지하라노 아소미 쿠스마로(藤原朝臣久須麿)가 답하여 보낸 노래 2수 (791~792)

만엽집

권 제4

相聞

難波天皇[1]妹奉上在山跡皇兄御謌[2]一首

484 一日社 人母待吉 長氣乎 如此所待者 有不得勝

一日こそ 人も[3]待ちよき 長き日を かく待たゆる[4]は ありかつましじ

ひとひこそ　ひともまちよき　ながきけを　かくまたゆるは　ありかつましじ

崗本天皇御製一首并短謌

485 神代從 生継來者 人多 國尒波滿而 味村乃 去來者行跡 吾戀流 君尒之不有者 晝波 日乃久流留麻弖 夜者 夜之明流寸食 念乍 寐宿難尒登 阿可思通良久茂 長此夜乎

神代より 生れ繼ぎ來れば 人多に 國には滿ちて あぢ群の[5] 去來は行けど わが戀ふる 君にしあらねば 晝は 日の暮るるまで 夜は 夜の明くる極み 思ひつつ 眠も寢がてにと 明しつらくも 長きこの夜を

かみよより　あれつぎくれば　ひとさはに　くににはみちて　あぢむらの　かよひはゆけど　わがこふる　きみにしあらねば　ひるは　ひのくるるまで よるは　よのあくるきはみ　おもひつつ　いもねがてにと　あかしつらくも ながきこのよを

1 **難波天皇**: 仁德천황. 孝德천황도 難波에 있었지만 작품을 남기지 않고 있다.
2 **奉上在山跡皇兄御謌**: 제목의 내용에 부합하는 이야기는 전해지지 않고 있다. 가능성으로 (1) 八田황녀 → 仁德 (2) 女鳥황녀 → 準別황자 (3) 磐姫 → 仁德 (누이동생을 아내로 함. 다만 違例). 노래의 내용은 권 제2의 이야기와 같다.
3 **人も**: 일반적인 사람을 가리킨다.
4 **待たゆる**: '유루(ゆる)'는 자발. '1일'과 대응시킨다. '기다리게 되어버린 것은'이라는 뜻이다.
5 **あぢ群の**: 이 구는 비유로 보는 설, 실제 풍경으로 보는 설이 있는데 실제 풍경으로 보면 앞의 문맥과 맞지 않는다. 이 작품과 통일되게 보면 486번가도 비유가 된다. 다만 이 長歌의 '國には滿ちて'까지는 3248번가와 유사하다. '夜の明くる極み'는 만가의 유형. '長きこの夜を'는 相聞의 유형. 이처럼 여러 유형을 합친 것 같으며 反歌가 먼저 있었던 것으로 보인다. 그 때는 실제 풍경이 된다.

相聞

나니하(難波)천황의 누이 황녀가 야마토(大和)에 있는 오라버니 천황에게 바친 노래 1수

484 단 하루라면/ 기다리긴 쉽겠죠/ 오랫동안을/ 이렇게 기다리면/ 견딜 수 없겠지요

해설

단 하루 정도면 누구든지 쉽게 기다릴 수 있겠지요. 그러나 이렇게 오랫동안 기다리게 된다면 그것은 견딜 수 없겠지요라는 내용이다.

제목에서 말하는 나니하(難波)천황은 難波에 도읍했던 천황이므로 仁德천황과 孝德천황이 해당되는데 대부분 仁德천황으로 보고 있다.

오카모토(崗本)천황이 지은 노래 1수와 短歌

485 神代로부터/ 계속 태어났으니/ 사람은 많이/ 나라에 가득 차서/ 오리 떼처럼/ 오고 가고 하지만/ 내 사랑하는/ 그대가 아니고 보니/ 낮에는/ 해 질 때까지 종일/ 밤에는/ 날이 새도록 밤 내내/ 생각하면서/ 잠도 들지 못하고/ 지새어 버렸다네/ 길고도 긴 이 밤을

해설

아주 먼 옛날의 神代부터 계속 사람들이 태어났으므로, 많은 사람들이 나라에 가득 차서 오리 떼처럼 오고 가고 하지만, 그 많은 사람들 중에 내가 사랑하는 그대가 없으니 낮에는 해가 질 때까지 하루 종일, 그리고 밤에는 날이 샐 때까지 밤 내내 그대를 생각하면서 잠도 들지 못하고 길고도 긴 이 밤을 꼬박 지새어 버렸다네라는 내용이다.

反謌

486 山羽尒 味村騒 去奈礼騰 吾者左夫思恵 君二四不在者

山の端に あぢ群騒き 行くなれど われはさぶしゑ 君にしあらねば

やまのはに　あぢむらさわき　ゆくなれど　われはさぶしゑ　きみにしあらねば

487 淡海路乃 鳥籠之山[1]有 不知哉川[2] 氣乃己呂其侶波 戀乍裳將有

淡海路の 鳥籠の山なる 不知哉川 日のころごろは 戀ひつつもあらむ

あふみぢの　とこのやまなる　いさやかは　けのころごろは　こひつつもあらむ

左注 右, 今案, 高市崗本宮[3], 後崗本宮[4], 二代二帝, 各有異焉. 但称崗本天皇, 未審其指.

---

1 **鳥籠之山**: 滋賀縣 彦根市의 正法寺山.
2 **不知哉川**: 大堀川(芹川).
3 **高市崗本宮**: 舒明천황.
4 **後崗本宮**: 齊明천황. 노래 뜻으로 보아서는 舒明천황이 아니라 齊明천황.

反歌

486 산의 끝 쪽에/ 오리 떼 시끄럽듯/ 사람들 가나/ 나는 쓸쓸하다네/ 그대가 아닌 까닭에

해설

산 끝 쪽에서 오리 떼가 시끄럽듯이 많은 사람들이 시끄럽게 지나가고 하지만 나는 쓸쓸하다네. 그 사람들은 내가 사랑하는 그대가 아닌 까닭에라는 내용이다.

全集에서는 '산기슭 쪽에 청둥오리가 시끄럽게 울며 날아가지만 나는 쓸쓸하네요. 당신이 아니므로'로 해석을 하였다. 中西 進은 비유로 보았지만 全集에서는 실제 오리가 날아가는 것으로 해석하였다.

487 아후미(近江)길의/ 토코(鳥籠)산을 흐르는/ 이사야(不知哉)의 강/ 요즈음 매일매일/ 그리워하며 있을까

해설

아후미(近江)길에 있는 토코(鳥籠) 산을 흐르는 이사야(不知哉)강, 그 강 이름이 '알지 못한다'인 것처럼, 내가 그리워하는 그대의 소식을 알지 못하면서 요즈음 계속 그리워하고 있는 것인가라는 내용이다.

全集에서는 '앞으로의 일은 어떻게 될지는 몰라도, 당분간은 그리워하며 살고 있어야지'로 해석을 하였다.

좌주 위의 노래는 지금 생각해보니 타케치노 오카모토노 미야(高市崗本宮: 舒明천황)와 노치노 오카모토노 미야(後崗本宮 : 皇極 · 齊明)의 2代 2帝는 각각 다르다. 다만 오카모토(崗本)천황이라고만 한 사람은, 위의 두 사람 중에서 누구를 가리키는 것인지 알 수 없다.

額田王思近江天皇[1]作謌[2]一首

488 君待登 吾戀居者 我屋戸之 簾動之 秋風吹

君待つと わが戀ひをれば わが屋戸の すだれ動かし 秋の風吹く[3]

きみまつと わがこひをれば わがやどの すだれうごかし あきのかぜふく

鏡王女作謌一首[4]

489 風乎太尒 戀流波乏之 風小谷 將來登時待者 何香將嘆

風をだに 戀ふるは羨し 風をだに 來むとし待たば 何か嘆かむ

かぜをだに こふるはともし かぜをだに こむとしまたば なにかなげかむ

---

1 **近江天皇**: 天智천황.
2 **作謌**: 중국 육조 때 유행한 연정시를 모방한 허구의 노래일 가능성도 있다. 1606번가와 같다.
3 **風吹く**: 바람은 사람이 올 것이라는 징조이기도 하다.
4 488번가에 창화한 것으로 1607번가와 같다.
남편 후지하라 카마타리(藤原鎌足)의 사후(669년)의 작품인가.

누카타노 오호키미(額田王)가 아후미(近江)천황을 그리워하여 지은 노래 1수

488 님 기다리며/ 내가 그리워하면/ 우리 집 문의/ 발을 움직이면서/ 가을바람이 부네

해설

님을 기다리며 내가 그리워하고 있으면 우리 집 문에 쳐 놓은 발을 움직이면서 가을바람이 부네. 이것을 보니 님이 찾아올 것인가 보다라는 내용이다.

카가미노 오호키미(鏡王女)가 지은 노래 1수

489 바람이라도/ 생각함이 부럽네/ 바람이라도/ 올거라 기다리면/ 무엇을 탄식할까

해설

당신이 바람에게라도 마음이 끌리고 있는 것이 부럽네요. 바람이라도 올 것이라고 기다린다면 이렇게 탄식하지는 않겠다는 내용이다.

이 작품은 앞의 488번가의 내용 중 3 · 4 · 5구의 내용을 가지고 지은 것이다.

기다리는 님은 오지 않고 문에 쳐놓은 발을 움직이면서 가을바람만 찾아왔다고 탄식하지만, 그래도 기다리는 대상이 있다고 하는 것은 부러운 일이고 탄식할 일이 아니며 기다릴 대상이 없는 이 몸은 정말 따분하니, 바람에라도 흔들리는 마음이 부럽다는 내용이다. 이 작품은 기다릴 대상이 없는 상태를 표현한 것이므로 작자인 카가미노 오호키미(鏡王女)의 남편 카마타리(鎌足)의 사후의 작품으로 추정되고 있다[『萬葉集注釋』 4, p.34].

吹黃刀自謌二首[1]

490 眞野[2]之浦乃 与騰乃継橋 情由毛 思哉妹之 伊目介之所見

眞野の浦の 淀の繼橋 情ゆも 思へか妹が 夢にし見ゆる[3]

まののうらの よどのつぎはし こころゆも おもへかいもが いめにしみゆる

491 河上乃 伊都藻之花乃 何時々々 來益我背子 時自異目八方

河の上の[4] いつ藻[5]の花の 何時も何時も 來ませわが背子 時じけめやも

かはのへの いつものはなの いつもいつも きませわがせこ ときじけめやも

1 **謌二首**: 詞嫗로서, 남녀 한 쌍의 相聞歌를 허구로 지었다.
2 **眞野**: 280번가의 마노(眞野)와 같은 곳인가.
3 **夢にし見ゆる**: 꿈을 꾸는 것은 작자(남성).
4 **河の上の**: 강 근처.
5 **いつ藻**: 齋つ藻(이츠모), 出雲(이즈모)라는 나라 이름도 그렇게 해석할 수 있다.

후키노 토지(吹茨刀自)의 노래 2수

490 마노(眞野)의 포구의/ 나무다리와 같이/ 계속 맘으로/ 생각해선가 아내/ 꿈속에 나타나네

해설

마노(眞野) 포구의 얕은 곳에 있는 츠기하시(중간 중간에 기둥을 세워놓고 그 위에 판자를 계속 이어서 얹어 만든 나무다리를 말한다)라는 이름처럼 계속해서 마음으로 그리워하고 있기 때문인가. 당신이 꿈에 나타나네요라는 내용이다.

츠기하시(継橋 : 나무다리)의 '継ぎ'繼ぎ''는 계속해서 라는 뜻이다. 그것을 받아서 '그 이름처럼 계속해서 생각하기 때문인가요'에 연결된 것이다.

全集에서는 '나를 생각해 주시기 때문일까요. 그대가 꿈에 보입니다'로 해석을 하였으며, 吹茨刀自를 '후후키노 토지'라고 읽었다.

491 강가의 예쁜/ 이츠모 이름처럼/ 언제나 언제나/ 와주세요 그대여/ 못 오실 때 없겠죠

해설

강가에 나풀거리는 아름다운 꽃인 '이츠모(いつ藻)'의 이름처럼 언제나 언제나 와주세요 그대여. 그대가 오시지 못한다는 것은 생각할 수도 없습니다라는 내용이다.

풀이름 '이츠모(いつ藻)'가, '언제나'라는 뜻인 '이츠모(いつも)'와 발음이 같은 것을 이용한 노래이다.

田部忌寸櫟子任大宰時謌四首[1]

492 衣手尒 取等騰己保里 哭兒尒毛 益有吾乎 置而如何將爲 [舍人吉年]

衣手に 取りとどこほり 泣く兒にも まされるわれを 置きて如何にせむ[2] [舍人吉年]

ころもでに とりとどこほり なくこにも まされるわれを おきていかにせむ

493 置而行者 妹將戀可聞 敷細乃 黑髮布而 長此夜乎 [田部忌寸櫟子]

置きて行かば 妹戀ひむかも 敷栲の[3] 黑髮しきて[4] 長きこの夜を [田部忌寸櫟子]

おきていかば いもこひむかも しきたへの くろかみしきて ながきこのよを

---

1 謌四首 : 출발할 때 조정에서 작별 인사하는 노래들인가. 뒤의 무기명의 2수는 조정의 신하, 궁녀가 창화한 것일 가능성이 있다. 또 2수 모두 吉年의 작품일지도. 櫟子의 임명은 기록에 보이지 않는다.
2 如何にせむ : 주어는 '나'.
3 敷栲の : 잠자리를 연상해서 '黑髮'로 이어진다.
4 黑髮しきて : 겹쳐지다. 풍성하게 풀어헤쳐진 검은 머리카락을 묘사한 것이다.

타베노 이미키 이치히코(田部忌寸櫟子)가 大宰에 임명되었을 때 노래 4수

492 옷소매 자락/ 잡고 매달리어서/ 우는 애보다/ 더욱더 슬픈 나를/ 두고 가면 어쩌나요 [토네리노 요시토시(舍人吉年)]

해설

옷소매 자락을 잡고 매달리어서 우는 아이보다 더 슬픈 나인데 나를 두고 이렇게 떠나가시면 어쩌나요라는 내용이다.

全集에서는 '田部'를 '타나베'로 읽었다.

493 뒤에 두고 가면/ 아낸 생각하겠지/ (시키타헤노)/ 검은 머리 풀고서/ 긴 요즈음의 밤을 [타나베노 이미키 이치히코(田部忌寸櫟子)]

해설

아내를 혼자 두고 내가 떠나가면 아내는 나를 그리워하겠지. 긴 요즈음의 밤들을 부드러운 잠자리에 검은 머리카락을 흩트리고서는이라는 내용이다.

494 吾妹兒矣 相令知 人乎許曾 戀之益者 恨三念

吾妹子を 相知らしめし 人をこそ[1] 戀のまされば 恨めしみ思へ

わぎもこを あひしらしめし ひとをこそ こひのまされば うらめしみおもへ

495 朝日影 尒保敝流山尒 照月乃 不厭君乎 山越尒置手

朝日影 にほへる山に 照る月の 飽かざる君を 山越に置きて[2]

あさひかげ にほへるやまに てるつきの あかざるきみを やまごしにおきて

---

1 **相知らしめし 人をこそ**: 天智천황인가. '知る'는 서로 (부부가 될) 약속을 한다는 뜻이 있다.
2 **君を 山越に置きて**: 나는 어떻게 하나 하며 첫째 작품으로 돌아가는 느낌이다.

494 그대 당신을/ 나에게 소개해 준/ 사람이 정말/ 그리움 사무치면/ 원망스러워지네요

해설

당신을 나와 서로 알도록 나에게 소개하여 준 사람이, 당신에 대한 그리움이 너무 사무치다보니 오히려 원망스럽게 생각되네요라는 내용이다.

당신을 소개받지 않아서 알지 못했다면 이토록 그리움으로 인한 고통은 없었을 텐데라는 의미의 노래이다.

495 아침 햇빛이/ 내리비치는 산에/ 지는 달같이/ 맘에 걸리는 그대/ 먼 산 너머에 두고서

해설

아침 햇빛이 아름답게 내리비치는 산 끝 쪽에, 아직 비추고는 있지만 햇빛에 흐릿하게 져가는 殘月처럼, 마음에 계속 생각나는 그대를 먼 산 저쪽 편에다 두고 그리워한다는 내용이다.

柿本朝臣人麿謌四首

496 三熊野之 浦乃濱木綿 百重成 心者雖念 直不相鴨

み熊野[1]の 浦の浜木綿[2] 百重なす 心は思へど 直に逢はぬかも

みくまのの うらのはまゆふ ももへなす こころはもへど ただにあはぬかも

497 古尒 有兼人毛 如吾歟 妹尒戀乍 宿不勝家牟

古に ありけむ人も わがごとか 妹に戀ひつつ 寢ねかてずけむ

いにしへに ありけむひとも あがごとか いもにこひつつ いねかてずけむ

1 **み熊野**: 牟婁(무로). 三重·和歌山 兩縣의 총칭.
2 **浜木綿**: み熊野의 배(944번가 등)와 함께 특산으로 알려져 있었다. 목화같은 꽃이므로 붙여진 이름. 꽃도 줄기도 잎도, 群生하는 모양도 '百重'

카키노모토노 아소미 히토마로(柿本朝臣人麿)의 노래 4수

496 미쿠마노(み熊野)의/ 포구 문주란처럼/ 몇번이라도/ 마음에 생각해도/ 직접 만날 수는 없네

해설

쿠마노(熊野) 포구의 문주란 줄기가 여러 겹으로 겹쳐져 있듯이 수도 없이 여러 번 마음으로는 생각해도 직접 만날 수가 없네라는 내용이다.

'み熊野'의 'み'는 미칭을 나타내는 접두어이다.

497 그 먼 옛날에/ 살았던 사람들도/ 나와 똑같이/ 아내 그리워하여/ 잠 못 들었을까요

해설

아주 먼 옛날에 살았던 사람들도 나와 똑같이 아내를 그리워해서 밤에는 잠을 못 이루고 했을까라는 내용이다.

498 今耳之 行事庭不有 古 人曾益而 哭左倍鳴四

今のみの 行事[1]にはあらず 古の 人そまさりて 哭にさへ泣きし

いまのみの わざにはあらず いにしへの ひとそまさりて ねにさへなきし

499 百重二物 來及毳常 念鴨 公之使乃 雖見不飽有武

百重にも 來及かぬかもと 思へかも 君が使の 見れど飽かざらむ[2]

ももへにも きしかぬかもと おもへかも きみがつかひの みれどあかざらむ

---

1 **行事**: 하는 일. 앞의 작품에 대한 자신의 답이다.
2 여성의 입장에서의 노래.

498 오늘날만의/ 일인 것은 아니네/ 그 먼 옛날의/ 사람들은 더욱더/ 울기까지 했다네

해설

사랑하는 사람을 그리워하며 고통스러워하는 것은 오늘날만의 일인 것은 아니네. 그 먼 옛날 사람들은 더욱더 사랑의 고통에 오히려 소리까지 내어 울었던 것이네라는 내용이다.

499 몇 번이라도/ 왔으면 좋겠다고/ 생각해설까/ 그대의 심부름꾼/ 보아도 싫증 안 나네

해설

몇 번이라도 몇 번이라도 계속해서 왔으면 좋겠다고 생각한 때문일까요. 당신이 보낸 심부름꾼을 아무리 보아도 싫증이 나지 않네요라는 내용이다.

碁檀越[1]往伊勢國時 留妻作謌一首

500 神風[2]之 伊勢乃濱荻 折伏 客宿也將爲 荒濱邊尒

神風の 伊勢の浜荻[3] 折り伏せて 旅宿やすらむ 荒き浜邊に

かむかぜの いせのはまをぎ をりふせて たびねやすらむ あらきはまべに

柿本朝臣人麿謌三首

501 未通女等之 袖振[4]山乃 水垣[5]之 久時従 憶寸吾者

未通女等が 袖布留山の 瑞垣の 久しき時ゆ 思ひきわれは

をとめらが そでふるやまの みづかきの ひさしきときゆ おもひきわれは

---

1 **碁檀越**：碁氏의 檀越(주인, 남편의 고어).
2 **神風**：이세(伊勢)의 美稱.
3 **浜荻**：葦와 비슷하면서 다르다.
4 **袖振**：소매를 '振る(후루：흔들다)'는 것을 산 이름 '袖振山'에 이중적으로 사용하였다. 소매를 흔드는 것은 신을 부르는 招神 행위.
5 **水垣**：生垣. 여기서는 신사를 말한다.

고노 단오치(碁檀越)가 이세(伊勢)국에 갔을 때 집에 남아 있던 아내가 지은 노래 1수

500 神風이 부는/ 이세(伊勢) 해변의 싸리/ 꺾어 깔고서/ 나그네 잠잘까요/ 거친 바닷가에서

해설

무서운 신의 바람이 부는 이세(伊勢) 해변의 싸리를, 침상 대신에 꺾어서 깔고는 남편은 불편한 나그네 길의 잠을 자고 있을 것인가. 거친 바닷가에서라는 내용이다.

카키노모토노 아소미 히토마로(柿本朝臣人麿)의 노래 3수

501 神女들이요/ 소매 흔든 후루(布留)산/ 신사 담같이/ 이미 오래 전부터/ 생각해왔네 나는

해설

신을 섬기는 처녀들이 신을 맞이하기 위해 소매를 흔드는, 그 소매 흔든다고 하는 뜻의 이름을 가진 후루(布留)산에 있는 신사의 담장이 아주 오래된 것 같이, 나는 이미 오래 전부터 사랑하며 계속 생각해왔답니다라는 내용이다.

502 夏野去 小壯鹿之角乃 束間毛 妹之心乎 忘而念哉

夏野ゆく 牡鹿の角の 束の間も 妹が心[1]を 忘れて思へや

なつのゆく をしかのつのの つかのまも いもがこころを わすれておもへや

503 珠衣乃 狹藍左謂沉 家妹尒 物不語來而 思金津裳

珠衣の[2] さゐさゐしづみ 家の妹に もの言はず來て 思ひかねつも

たまぎぬの さゐさゐしづみ いへのいもに ものいはずきて おもひかねつも

---

1 妹が心 : 아내의 나에 대한 사랑.
2 珠衣の : 아름다운 옷. 아내의 이미지도 있다.

502 여름 들 걷는/ 수사슴의 뿔처럼/ 단 한 순간도/ 아내의 그 마음을/ 잊어버릴 수 있을까

해설

여름 들판을 가고 있는 수사슴의 뿔이 아직도 제대로 자라지 않아서 아주 짧은 것처럼, 그와 같이 짧은 한 순간도 아내의 마음을 잊어버릴 수 있을까. 잊어버릴 수 없다는 내용이다.

사슴의 뿔은 봄에 다시 나므로 초여름에는 아직 짧기 때문에 그 뿔을 가지고 시간의 짧은 순간을 비유하였다.

503 비단 옷 같이/ 마음도 가라앉아/ 집의 아내에게/ 말도 못하고 와서/ 못 견디게 그립네

해설

아름다운 좋은 비단 옷이 살랑살랑 하늘거리듯, 마음이 가라 앉아 집에 있는 아내에게 제대로 말도 못하고 왔으므로 아내가 못 견디게 그립다는 내용이다.

全集에서는 '술렁거림 속에 빠져 너무 바쁘다보니 집에 있는 아내와 말도 하지 못하고 왔으므로 그리워서 견딜 수 없네'로 해석하였다.

'さゐさゐしづみ'의 'さゐさゐ'는 뜻을 확실하게 알 수 없다. 그러나 부산스럽다는 뜻인 '사야사야(さやさや)'와 대체로 같은 의미로 보고 있다. '시즈미(しづみ: 沈)'는 '잠기다·빠진다'는 뜻인데 '부산스러운 일에 빠져서', 즉 '너무 바쁘다 보니'로 해석을 할 수도 있고, '부산스러운 일이 가라앉고 보니', 즉 '바쁜 일이 다 끝나고 보니'로 해석을 할 수도 있다. 앞의 경우와 같이 '너무 바쁘다 보니'로 해석을 하면 길을 떠나기 전에 준비 등 여러 가지로 일이 바빴음을 말하는 것이 되고, '바쁜 일이 다 끝나고 보니'로 해석을 하면 길을 떠나 목적지에 도착하여 바쁜 일을 대체로 다 끝내고 시간적으로나 정신적으로나 여유가 생긴 상태를 말하는 것이 된다. 그런데 '바쁜 일이 다 끝나고 보니'로 해석을 하면 떠나오기 전에는 바쁜 상태가 아니었는데 아내에게 말도 못하고 왔다는 것도 의미가 통하지 않을 뿐만 아니라 일이 다 끝나고 나서야 아내에 대한 생각이 났다는 것도 사랑의 노래로서는 좀 약하게 생각된다. 너무 바쁘다 보니 출발한다는 것을 아내에게 말도 하지 못하고 갔으므로 아내에 대한 그리움이 더욱 크다는 뜻으로 보는 것이 좋을 듯하다. 한 집에 산다면 아내에게 말을 못하였을 리가 없는데 일본의 경우는 남편이 밤에 아내의 집에 가서 자고는 다음날 다시 자기 집으로 돌아가는 혼인 형태였으므로 이런 표현이 가능한 것이다.

本朝臣人麿妻謌[1]一首

504 君家尒 吾住坂[2]乃 家道[3]乎毛 吾者不忘 命不死者

君が家に わが住坂の 家道をも 吾は忘れじ 命死なずは

きみがいへに わがすみさかの いへぢをも われはわすれじ いのちしなずは

安倍女郎歌二首

505 今更 何乎可將念 打靡 情者君尒 緣尒之物乎

今更に 何をか思はむ[4] うちなびき こころは君に よりにしものを

いまさらに なにをかおもはむ うちなびき こころはきみに よりにしものを

1 **妻謌**: 히토마로(人麿)의 작품으로도 생각할 수 있다.
2 **住坂**: 당시 남자가 여자의 집으로 다니는 결혼 형태와 함께 동거혼도 행해졌다.
3 **家道**: 아내 집으로 가는 길.
4 **何をか思はむ**: 이것저것 망설이는 모양. 스스로를 격려하는 내용의 노래로 다음에 이어진다.

카키노모토노 아소미 히토마로(柿本朝臣人麿)의 노래 1수

504 당신의 집에서/ 내가 산다는 뜻의/ 스미사카(墨坂) 길/ 나는 잊을 수 없네/ 목숨 죽지 않는 한

해설

당신의 집에서 내가 산다는 뜻의 스미사카(墨坂)를 넘어서 집으로 가는 길을 나는 잊을 수 없네. 목숨이 죽지 않고 살아 있는 동안은이라는 내용이다.

'我が住坂の'는 '내가 산다는 뜻의 스미사카의'가 압축된 표현이다. 즉 "我が住'는 '내가 사는'이라는 뜻이다. 그리고 '住坂'는 '스미사카(墨坂)'를 말한다. 그러므로 '住'는 두 번 해석이 되는 셈이다. '住み(스미)'와 '스미(墨)'의 발음이 같으므로 이런 표현을 하게 된 것이다.

아베노 이라츠메(安倍女郎)의 노래 2수

505 새삼스럽게/ 무슨 걱정을 할까요/ 완전히 쏠려/ 마음은 당신에게/ 기울어졌는 걸요

해설

새삼스럽게 달리 무슨 걱정을 할까요. 초목이 바람에 한쪽으로 쏠리듯이 마음은 당신에게 완전히 쏠려서 기울어졌는 걸요라는 내용이다.

506 吾背子波 物莫念 事之有者 火尒毛水尒母 吾莫七國

わが背子は 物な思ひそ 事しあらば 火にも水にも われ無けなくに

わがせこは ものなおもひそ ことしあらば ひにもみづにも われなけなくに

駿河采女[1]謌一首

507 敷細乃 枕從久々流 涙二曾 浮宿[2]乎思家類 戀乃繁尒

敷栲の 枕ゆくくる 涙にそ 浮宿をしける 戀の繁きに

しきたへの まくらゆくくる なみだにそ うきねをしける こひのしげきに

三方沙弥歌一首

508 衣手乃 別今夜從 妹毛吾母 甚戀名 相因乎奈美

衣手[3]の 別く今夜より 妹もわれも いたく[4]戀ひむな 逢ふよしを無み

ころもでの わくこよひより いももわれも いたくこひむな あふよしをなみ

---

1 **駿河采女**: 駿河 출신의 采女.
2 **浮宿**: 물새와 같이 물 위에 떠서 잠을 자는 것을 말한다.
3 **衣手**: 袖=そ(衣)で(手).
4 **いたく**: 매우.

506 당신께오선/ 염려하지 마세요/ 무슨 일 있으면/ 불에도 물에라도/ 나는 들어갈래요

해설

그대는 아무 염려하지 마세요. 무슨 일 있으면 불이면 불, 물이면 물에라도 나는 그대와 함께 들어갈래요라는 내용이다.

全集에서는 '당신께선 아무 염려하지 마세요. 만약 무슨 일이 있으면 불에라도 물에라도 들어가려고 생각하는 제가 없는 것도 아니니, 즉 제가 있는 걸요'로 해석을 하였다.

스루가(駿河)의 采女의 노래 1수

507 (시키타헤노)/ 베개에서 흐르는/ 눈물 넘쳐서/ 뜰 각오로 잡니다/ 그리움 못이겨서

해설

내가 누워서 베개를 베고 흘리는 눈물이 베개를 적시고 넘친다면 물에 뜰 각오로 잡니다. 그대를 생각하는 그리움을 못 이겨서라는 내용이다.

全集에서는 '님을 그리워하여 흘리는 눈물이 베개를 흠뻑 적시고 흘러내려 강을 이루었으므로, 마치 오리가 강물 위에 떠서 잠을 자듯이 그렇게 눈물 강에 떠서 잠을 잤답니다. 님에 대한 그리움을 못 이겨서'로 해석을 하였다.

미카타(三方) 사미의 노래 1수

508 옷소매를요/ 떼는 오늘 밤부터/ 아내도 또 나도/ 무척 그립겠지요/ 만날 방법 없어서

해설

그대의 옷소매와 내 옷소매를 서로 함께 하여 잠을 잤지만, 이제는 그렇게 하지 못하니 옷소매를 함께 하지 못하고 헤어져야 하는 오늘 밤부터는 그대도 나도 서로 무척 그립겠지요. 만날 방법이 없어서라는 내용이다.

丹比眞人笠麿下筑紫國時作歌一首并短謌

509 臣女乃 匣尒乘有 鏡成 見津乃濱邊尒 狭丹頬相 紐解不離 吾妹兒尒 戀乍居者 明晩乃 旦霧隱 鳴多頭乃 哭耳之所哭 吾戀流 干重乃一隔母 名草漏 情毛有哉跡 家當 吾立見者 青旗乃 葛木山尒 多奈引流 白雲隱 天佐我留 夷乃國邊尒 直向 淡路乎過 粟嶋乎 背尒見管 朝名寸二 水手之音喚 暮名寸二 梶之聲爲乍 浪上乎 五十行左具久美 磐間乎 射往廻 稲日都麻 浦箕乎過而 鳥自物 魚津左比去者 家乃嶋 荒礒之宇倍尒 打靡 四時二生有 莫告我奈騰可聞妹尒 不告來二計謀

臣女の[1] 匣に乘れる 鏡なす[2] 御津の浜邊に さにつらふ[3] 紐解き離けず 吾妹子に 戀ひつつ居れば 明け闇の[4] 朝霧隱り[5] 鳴く鶴の ねのみし泣かゆ わが戀ふる 千重の一重も 慰もる 情もありやと 家のあたり わが立ち見れば 青旗の 葛木山に たなびける 白雲隱る 天ざかる 夷の國邊に 直向ふ[6] 淡路を過ぎ 粟島を 背に見つつ 朝なぎに 水手の聲呼び[7] 夕なぎに 梶の音しつつ 波の上を い行きさぐくみ 岩[8]の間を い行き廻り 稲日都麻 浦廻を過ぎて 鳥じもの なづさひ行けば 家の島[9] 荒磯のうへに 打ちなびき 繁に生ひたる 莫告藻が などかも妹に 告らず來にけむ

おみのめの くしげにのれる かがみなす みつのはまべに さにつらふ ひもときさけず わぎもこに こひつつをれば あけぐれの あさぎりごもり なくたづの ねのみしなかゆ わがこふる ちへのひとへも なぐさもる こころもありやと いへのあたり わがたちみれば あをはたの かづらきやまに たなびける しらくもがくる あまざかる ひなのくにへに ただむかふ あはぢをすぎ あはしまを そがひにみつつ あさなぎに かこのこゑよび ゆふなぎに かぢのとしつつ なみのうへを いゆきさぐくみ いはのまを いゆきもとほり いなびつま うらみをすぎて とりじもの なづさひゆけば いへのしま ありそのうへに うちなびき しじにおひたる なのりそが などかもいもに のらずきにけむ

---

1 **臣女の**: 臣의 子(『古事記』雄略천황조)에 대해 臣의 처녀(『古事記』雄略천황조)와 같은 뜻으로 본다. 궁녀.
2 **鏡なす**: 거울처럼. (見·御)에 연결된다. 御津은 難波의 津.
3 **さにつらふ**: 보통은 '妹'에 연결된다. 여기서는 '妹'를 생략하여 '紐'에 연결됨. 아내의 옷끈인가. 남녀가 이별할 때 옷끈을 서로 묶어주었다.
4 **明け闇の**: 해뜨기 전의 어두움.
5 **朝霧隱り**: '隱る'는 덮이는 것.
6 **直向ふ**: 곧장 御津으로 향함.
7 **水手の聲呼び**: '水手'는 카지코(楫子)의 略語. 聲은 부르는 소리.
8 **岩**: 암초.
9 **家の島**: 兵庫縣 飾磨郡 家島町. 相生市 沖의 群島.

타지히노 마히토 카사마로(丹比眞人笠麿)가 츠쿠시(筑紫)국에 내려갈 때 지은 노래 1수와 短歌

509 궁녀들이요/ 상자 위에 올려 논/ 거울 본다는/ 미츠(三津)의 바닷가에/ 붉은 색깔의/ 옷끈도 풀지 않고/ 나의 아내를/ 생각하고 있으면/ 어슴푸레한/ 아침 안개 속에서/ 우는 학처럼 / 소리를 내어 우네/ 사랑의 고통/ 천분의 일이라도/ 위로하여 줄/ 마음이 있을까 하고/ 고향 집 있는 쪽/ 내가 서서 보면은/ (아오하타노)/ 카즈라키(葛城)산들에/ 걸리어 있는/ 흰구름에 가렸네/ 하늘 저멀리/ 먼 지방의 나라로/ 바로 향하는/ 아하지(淡路)를 지나/ 아하시마(粟島)를/ 뒤로 바라보면서/ 아침뜸에는/ 어부들 소리 듣고/ 저녁뜸에는/ 노 젓는 소리 내며/ 파도에 힘들게/ 배를 진행시켜서/ 바위 사이를/ 저어 돌아가서는/ 이나미츠마(稲日都麻)/ 포구쪽도 지나서/ 물새와 같이/ 고통스레 나가면/ 이헤시마(家島)의/ 험악한 바위 위에/ 너울거리는/ 아주 많이 나있는/ 나노리소 풀/ 뭣 땜에 아내에게/ 말을 않고 왔을까

해설

궁녀들이 빗 상자에 올려놓은 거울을 본다는 뜻의 이름인 미츠(三津)의 바닷가에서, 아내가 묶어 준 발그스레한 색깔의 옷끈을 풀지 않고, 즉 아내와 동침을 하지 못하고 아내를 그리워하고 있으면, 아직 날이 완전히 밝지 않아 어슴푸레한 아침 안개 속에서 우는 학처럼 소리를 내어 울어버리게 되네. 내가 아내를 그리워하는 마음의 천분의 일이라도 위로를 받을까 하고 고향 쪽을 향해서 내가 서서 바라보면 푸른 깃발처럼 연이어 있는 카츠라기(葛城)산에 걸리어 있는 흰구름에 고향집은 가리어서 보이지 않네. 하늘 저 멀리 시골 지역 쪽으로 향하는 아하지(淡路)를 지나 아하시마(粟島)를 뒤로 하고 지나가면 아침에 바다가 잠잠할 때에는 뱃사람들이 서로 소리를 크게 하여 부르는 것 들리고, 저녁에 바다가 잠잠할 때에는 노 젓는 소리를 내며 파도를 가르며 나아가서 바위 사이를 저어가서 돌고는, 이나미츠마(稲日都麻) 포구쪽도 지나서 물새와 같이 힘들어 하면서 나아가면, 이헤시마(家島)의 거친 바위 위에 너울거리는 아주 많이 나 있는, 말하지 말라는 뜻을 이름으로 한 나노리소 풀이 보이네. 그 풀처럼, 무엇 때문에 이별의 말조차 아내에게 하지 않고 왔을까라는 내용이다.

미츠(三津)는 보았다는 뜻인 '미츠(見つ)'와 발음이 같으므로 그렇게 표현한 것이다.

'*なのりそが*'는 '이름 말하다(*なのり*, *な*=名, *のり*=말하다)'는 뜻과 '말하지 말라(*な* : 부정, *のり*=말하다)'는 두 가지로 해석을 하고 있다. 따라서 '이름 말하라' 쪽을 취하면 '나노리소처럼 말도 하지 않고 왔을까'라고도 해석을 할 수 있다.

反謌

510 白細乃 袖解更而 還來武 月日乎數而 往而來猨尾

白栲[1]の 袖解きかへて[2] 還り來む 月日を數みて[3] 行きて來ましを

しろたへの　そでときかへて　かへりこむ　つきひをよみて　ゆきてこましを

幸伊勢國時當麻麿大夫[4]妻作謌一首

511 吾背子者 何處將行 己津物 隱之山乎 今日歟超良武

わが背子は いづく行くらむ 奥つもの[5] 名張の山を 今日か越ゆらむ

わがせこは　いづくゆくらむ　おくつもの　なばりのやまを　けふかこゆらむ

1 **白栲**: 함께 잠잘 때의 옷의 이미지.
2 **袖解きかへて**: 옷을 뒤집어 벗을 정도의 뜻.
3 **數みて**: 여기까지는 출발 때 원했던 상태. 長歌의 말미와 호응한다. 출발 시점에 서서 '行きて來'라고 하였다.
4 **當麻麿大夫**: 當麻眞人麿와 같은 사람. 43번가와 같다.
5 **奥つもの**: 깊은 바다 속의 藻가 보이지 않는 것과 'ナバル(나바루 : 隱る)라는 지명이, 남편이 멀리 있는 것에 관련이 되었다.

反歌

510 (시로타헤노)/ 소매 함께 해 자며/ 귀향 때까지/ 날수를 세어보고/ 왔으면 좋았을 걸

해설

흰 옷소매를 함께 하여 자고 게다가 돌아올 때까지의 날짜 수를 함께 세어보고 떠나왔더라면 좋았을 것을 그렇게 하지 못해서 아쉽다는 내용이다.

이세(伊勢)국에 행차했을 때 타기마노 마로(當麻麿)大夫[4]의 아내가 지은 노래 1수

511 나의 남편은/ 어디쯤 걸을까요/ (오쿠츠모노)/ 나바리(名張)의 산을요/ 오늘쯤 넘을까요

해설

나의 남편은 여행하면서 지금 어디쯤을 걷고 있을까요. 나바리(名張)산을 오늘쯤은 넘을까요라는 내용이다.

草孃[1]謌一首

512 秋田之 穗田乃苅婆加 香緣相者 彼所毛加人之 吾乎事將成

秋の田の 穗田[2]の苅ばか[3] か寄り合はば[4] そこもか人の 吾を言なさむ

あきのたの ほたのかりばか かよりあはば そこもかひとの わをことなさむ

志貴皇子御歌一首

513 大原之 此市柴乃 何時鹿跡 吾念妹尒 今夜相有香裳

大原の この嚴柴[5]の 何時しかと わが思ふ妹に 今夜逢へるかも

おほはらの このいつしばの いつしかと わがおもふいもに こよひあへるかも

---

1 **草孃** : 舒明妃, 蚊屋娘. '草'字는 노래에 의한 해학이 있는가.
2 **穗田** : 이삭이 난 밭.
3 **苅ばか** : 2133번가 등에 의하면 시간적으로도 사용된 것인가.
4 **か寄り合はば** : 곡식 벨 때 벼 이삭처럼 섞여 어지러운 상태. 다음에 '소코모(そこも)'라고 가벼움을 말하므로, 연회석 등에서의 모습인가.
5 **嚴柴** : 제사지내던 작은 나무가 있었던 것인가. 신성해서 접근하기 어려운 것이 아내를 만나기 어려운 것을 나타낸다.

카야 오토메(草嬢)의 노래 1수

512 가을 밭에서/ 곡식 베는 때처럼/ 이리 가깝다면/ 그 일로도 남들은/ 소문을 낼 것인가

해설

가을밭에서 벼를 벨 때 서로 가까이에서 베는 것처럼, 이렇게 서로 가까워지면 사람들은 우리들의 일에 대해서 뭐라고들 소문을 내어 말하겠지라는 내용이다.

'苅りばか'는 '苅り場か'로 '가을에 곡식을 벨 때 분담구역'을 말한다.

草嬢을 全集에서는 '쿠사노 오토메'로 읽었다.

시키노 미코(志貴황자)의 노래 1수

513 오호하라(大原)의/ 이츠시바(市柴)와 같이/ 언제일까고/ 내가 생각했던 그대/ 오늘밤 만나게 됐네

해설

오호하라(大原)의, 이 신성한 이츠시바(市柴)의 이름에도 '이츠'가 들어 있듯이 언제(이츠) 만날 수 있을 것인가 하고 내가 생각했던 당신을 오늘밤 만나게 되었답니다라는 내용이다.

'이치시바(市柴)'는 '이츠시바(いつ柴)'와 같다. 그런데 '이츠시바(いつ柴)'의 '이츠(いつ)'는 '언제(이츠)'라는 단어와 발음이 같으므로 이렇게 표현한 것이다.

阿倍女郎謌一首

514 吾背子之 盖世流衣之 針目不落 入尒家良之 我情副

わが背子が 著せる衣の 針目落ちず 入りにけらしも わが情さへ

わがせこが けせるころもの はりめおちず いりにけらしも わがこころさへ

中臣朝臣東人贈阿倍女郎歌一首

515 獨宿而 絶西紐緒 忌見跡 世武爲便不知 哭耳之曾泣

獨り宿て 絶えにし[1]紐を ゆゆしみと せむすべ知らに ねのみしそ泣く

ひとりねて たえにしひもを ゆゆしみと せむすべしらに ねのみしそなく

---

1 **絶えにし**: 다음 작품에 의하면 꿰맨 것이 끊어졌다.

아베노 이라츠메(阿倍女郎)의 노래 1수

514 당신께오서/ 입고 계시는 옷의/ 바늘땀들 속에/ 들어가버렸나요/ 나의 마음까지도

해설

당신이 입고 계시는, 내가 꿰매 드린 옷의 바늘땀, 한 땀 한 땀 속에 나의 마음까지도 남김없이 다 들어가버린 것인가요라는 내용이다.

나카토미노 아소미 아즈마히토(中臣朝臣東人)가 아베노 이라츠메(阿倍女郎)에게 보낸 노래 1수

515 혼자 잠자고/ 끊어진 옷의 끈이/ 꺼림칙해서/ 어찌 할 줄 몰라서/ 소리 내어 운다오

해설

그대와 헤어져 여행길에서 혼자 잠을 잤는데 그대가 매어 준 옷끈이 끊어져 버려서 그대에게 무슨 일이 생긴 것이 아닐까 마음이 불안하여 어찌 할 바를 몰라서 소리를 내어 운다오라는 내용이다.

일본의 경우 여행을 떠날 때 아내가 옷끈을 매어 주었는데 그 옷끈이 끊어지면 집에 있는 사람에게 무슨 일이 있다는 징조로 여겨졌다.

阿倍女郎答謌一首

516 吾以在 三相二搓流 糸用而 附手益物 今曾悔寸

わが持たる 三相によれる 糸もちて 附けてましもの 今ぞ悔しき

わがもたる　みつあひによれる　いともちて　つけてましもの　いまぞくやしき

大納言兼大將軍大伴卿[1]歌一首

517 神樹介毛 手者觸云乎 打細丹 人妻跡云者 不觸物可聞

神樹にも 手は觸るとふ[2]を うつたへに 人妻と言へば 觸れぬものかも

かむきにも てはふるとふを うつたへに ひとづまといへば ふれぬものかも

1 **大伴卿**: 大伴安麿.
2 **とふ**: 'という(~라고 한다)'의 축약.

아베노 이라츠메(阿倍女郎)가 답하여 보낸 노래 1수

516 내가 지녔던/ 세 겹으로 꼬아 만든/ 실을 가지고/ 튼튼하게 꿰맬 걸/ 지금 그것 분하네

해설

내가 가지고 있던 세 겹으로 된 실을 사용해서 튼튼하게 잘 꿰매었더라면 좋았을 것을. 그랬으면 옷끈이 끊어지지 않았을 것이고 그대가 걱정을 하지 않아도 되었을 텐데요. 그렇게 하지 못한 것을 지금 생각하니 분하네요라는 내용이다.

大納言 겸 대장군 오호토모(大伴)경의 노래 1수

517 神木에라도/ 손은 댈 수 있는 걸/ 그러나 이미/ 타인의 아내이므로/ 아직 손을 못 대네

해설

손을 대면 죄를 짓게 된다는 神木에라도 손은 댈 수 있는 걸요. 그러나 당신이 남의 아내이므로 마음으로는 원하면서도 아직 손을 못 대고 있네요. 신성한 神木이라 하는 것에도 손쯤은 댈 수 있는 것이니, 남의 아내라고 해서 손을 댈 수가 없는 것일까요라는 내용이다.

全集에서는 '神木에라도 손은 댈 수 있는 걸. 남의 아내라고 하면 함부로 손댈 수 없는 걸까'로 해석을 하였다.

石川郎女謌一首 [卽 佐保大伴大家[1]也]

518 春日野之 山邊道乎 於曾理無 通之君我 不所見許呂香裳

春日野の 山邊の道を 恐なく[2] 通ひし君が 見えぬころかも

かすがのの やまへのみちを おそりなく かよひしきみが　みえぬころかも

大伴女郎[3]謌一首 [今城王之母也 今城王 後賜大原眞人氏也]

519 雨障[4] 常爲公者 久堅乃 昨夜雨尒 將懲鴨

雨障 常する君は ひさかたの[5] 昨夜[6]の雨に 懲りにけむかも

あまつつみ つねするきみは ひさかたの きぞのよのあめに こりにけむかも

---

1 **大家**: 오호토모노 야스마로(大伴安麿)의 아내.
2 **恐なく**: 산 주변은 야생의 동물이 있었을 것이다. 지금은 그런 위험을 감수할 열의가 없다는 마음.
3 **大伴女郎**: 大伴安麿와 石川郎女 사이에 태어난 딸. 오호토모노 타비비토(大伴旅人)의 아내인가. 이 경우 야카모치(家持)와 이마키(今城)는 형제 관계가 된다.
4 **雨障**: 비 때문에 집에 있는 것.
5 **ひさかたの**: 하늘을 연상하는 것에서 '雨'에 연결된다.
6 **昨夜**: '키조(きぞ)'라고도 한다.
이 작품에는 야유와 불안이 교차하고 있다.

이시카하노 이라츠메(石川郎女)의 노래 1수 [즉 사호(佐保)의 오호토모(大伴)의 아내이다]

518 카스가(春日) 들의/ 산기슭 험한 길을/ 두려움 없이/ 찾아오던 그대가/ 요즈음 보이잖네

해설

카스가(春日) 들의 산기슭 그 험한 길도 두려워하지 않고 찾아왔던 그대인데 왠일인지 요즈음은 찾아오지 않네요라는 내용이다.

오호토모노 이라츠메(大伴女郎)의 노래 1수 [이마키노 오호키미(今城王)의 母이다. 今城王은 후에 오호하라노 마히토(後賜大原眞人)의 氏를 받았다]

519 비를 핑계로/ 오시지 않는 당신/ (히사카타노)/ 어젯밤의 내린 비에/ 질려버렸는가요

해설

비가 오면 비 때문에 오지 못하고 항상 그랬던 당신인데 모처럼 어젯밤에 오셨습니다. 그렇지만 어젯밤에 내린 비 때문에 돌아가는 길에 옷이 다 젖고 길이 힘들어 지치고 질려서 오늘 밤은 오지 않는 것인가요라는 내용이다.

아마도 남성이 오오토모(大伴)女郎을 방문했을 때는 비가 오지 않았는데 함께 지내고 돌아가는 동안에 비가 많이 내렸던 것 같다. 그래서 비를 맞고 힘들어서 오늘은 찾아오지 않는 것인가요라고 노래한 것이다.

後人[1]追同歌一首

520 久堅乃 雨毛落粳 雨乍見 於君副而 此日令晩

ひさかたの 雨も降らぬか[2] 雨つつみ 君に副ひて この日暮らさむ[3]

ひさかたの あめもふらぬか あまつつみ きみにたぐひて このひくらさむ

藤原宇合大夫遷任上京時[4] 常陸娘子[5]贈謌一首

521 庭立 麻手苅干 布暴 東女乎 忘賜名

庭に立つ 麻手苅り[6]干し 布さらす[7] 東女を 忘れたまふな

にはにたつ あさてかりほし ぬのさらす あづまをみなを わすれたまふな

---

1 **後人**: 오호토모노 야카모치(大伴家持)일 것이다.
2 **降らぬか**: 내리기를 바라는 것.
3 비 때문에 집에 있는 것을 좋아한다면, 女郎의 입장에서 이렇게도 말할 수 있다는 뜻의 노래.
4 **上京時**: 연도를 알 수 없다. 常陸守 겸 안찰사로 임명된 것은 養老 3년(719) 7월이다.
5 **常陸娘子**: 遊女인가.
6 **麻手苅り**: 방언을 사용한 것인가.
7 **布さらす**: 삼을 짜서 천으로 만들어 말리는 것.

훗날 어떤 사람이 이 작품에 追和한 노래 1수

520 (히사카타노)/ 비도 안 내리는가/ 비에 갇혀서/ 그대 곁에 있으며/ 오늘을 지낼 텐데

해설

비가 내린다면 좋을 텐데 어떻게 비도 안 내리는 것인가. 비가 내린다면 비에 갇혀서 그대 곁에 있으면서 오늘밤을 함께 지낼 수 있을 것을이라는 내용이다.

후지하라노 우마카히(藤原宇合)大夫가 전근해서 상경할 때 히타치노 오토메(常陸娘子)가 보낸 노래 1수

521 정원에 심은/ 삼을 베어 말리고/ 천을 말리는/ 東國의 이 여인을/ 잊지 말아 주세요

해설

정원에 심은 삼을 베어서 말리기도 하고 천으로 짜서 볕에 말리기도 하는 東國의 이 여인이지만 잊지 말아 주세요라는 내용이다. 촌스런 시골 여인이지만 잊지 말아 달라는 내용이 된다.

私注에서는 원문의 '布暴'를 저본의 '布慕'를 따르고 '시키시누부(シキシヌブ)로 읽었다. 그리고 깔다는 뜻인 '시키(敷)'의 발음이, 계속해서라는 뜻인 '시키리니(しきりに)'의 '시키(しき)'와 같으므로 이중적 의미로 해석하여 '마를 베어서 말려서 깔듯이 계속 생각하는 동쪽 지방의 여인을'이라고 풀이하였다.

京職[1] 藤原大夫贈大伴郎女[2]謌三首 [卿 諱[3]曰麿也]

522 女感嬬等之 珠篋有 玉櫛乃 神家武毛 妹尒阿波受有者

をとめ等が 珠匣なる 玉櫛の 神さびけむも[4] 妹に逢はずあれば

をとめらが たまくしげなる たまぐしの かむさびけむも いもにあはずあれば

523 好渡 人者年母 有云乎 何時間曾毛 吾戀尒來

よく渡る[5] 人は年にも ありとふ[6]を 何時の間にそも わが戀ひにける

よくわたる ひとはとしにも ありとふを 何時のまにそも わがこひにける

524 蒸被 奈胡也我下丹 雖臥 与妹不宿者 肌之寒霜

むしぶすま 柔やが下に 臥せれども 妹とし寢ねば 肌し寒しも

むしぶすま なごやがしたに ふせれども いもとしねねば はだしさむしも

---

1 **京職**: 도읍의 민사를 담당.
2 **大伴郎女**: 坂上郎女.
3 **諱**: 본명.
4 **神さびけむも**: 소원하게 됨. 연애에 부적절한 상태를 말한다.
5 **よく渡る**: 고통을 잘 견디고 지내는 것이다.
6 **年にも ありとふ**: 견우를 말한 것이겠다.

京職 후지하라(藤原)大夫가 오호토모노 이라츠메(大伴郎女)에게 보낸 노래 3수 [卿의 본명은 마로(麿)라고 하였다]

522 아가씨들의/ 예쁜 빗 상자 속의/ 멋진 빗처럼/ 소원하게 되었나/ 그대 못 만나고 있으니

해설

처녀들의 아름다운 빗 상자 속의 예쁜 빗처럼, 나는 사랑하는 사람에게서 멀어지게 되었나. 그대를 못 만나고 있으니라는 내용이다. 빗과 자신의 신세를 같은 것으로 생각하였다.

523 잘도 견디는/ 사람 일년이라도/ 견딘다는데/ 나는 벌써 어느새/ 그리워 고통하네

해설

잘 참는 사람은 견우와 같이 1년이라도 만나지 않고 견딜 수 있다고 하는데 어느 틈엔가 나는 이렇게 만나지 못하면 만나고 싶어서 견딜 수 없을 정도로, 고통스럽게 사랑을 하고 있는 것일까라는 내용이다.

'よく渡る'의 '渡る'는 '세월을 보내다'라는 뜻이다. 만나지 않더라도 별 고통없이 세월을 잘 보낸다는 뜻이니 '견디는'으로 해석하였다.

524 따뜻한 이불/ 부드러운 그 속에/ 누워 있지만/ 당신과 잠 안자니/ 피부가 차갑네요

해설

비록 따뜻하고 부드러운 이불 속에 누워 있지만 사랑하는 당신과 함께 잠을 자지 않으니 피부가 차갑게 느껴지네요라는 내용이다.

大伴郎女[1]和謌四首

525 狹穗河乃 小石踐渡 夜干玉之 黑馬之來夜者 年尒母有粳

佐保河の 小石ふみ渡り ぬばたまの 黑馬の來る夜[2]は 年にもあらぬか[3]

さほがはの こいしふみわたり ぬばたまの くろまのくるよは としにもあらぬか

526 千鳥鳴 佐保乃河瀨之 小浪 止時毛無 吾戀者

千鳥鳴く 佐保の河瀨の さざれ波 止む時も無し わが戀ふらくは

ちどりなく さほのかはせの さざれなみ やむときもなし わがこふらくは

---

1 **大伴郎女**：坂上郎女.
2 **黑馬の來る夜**：칠석 전설에 견우가 강을 건너는 노래가 있다(정확하게는 직녀). 2069번가 등. 이런 전승도 있었던 것인가.
3 **年にもあらぬか**：523번가에 대한 것이다. 비슷한 노래로 3313번가가 있다.

오호토모노 이라츠메(大伴郎女)가 답한 노래 4수

525 사호(佐保)의 강의/ 작은 돌을 밟고 건너/ (누바타마노)/ 그대 검은 말 오는 밤/ 한해 한 번만이라도

해설

사호(佐保) 강의 작은 돌을 밟고 건너서 사랑하는 사람을 태운 검은 말이 오는 밤이, 일년에 한 번이라도 있었으면 좋겠다는 내용이다.

全集에서는 '年にもあらぬか'를 '일 년 내내 있었으면 좋겠다'로 해석을 하였다.

526 새들이 우는/ 사호(佐保)강의 여울의/ 잔물결처럼/ 그치는 때도 없네/ 내 사랑하는 맘은

해설

새들이 우는 사호(佐保)강 여울에서 잔물결이 끊임없이 일듯이 님을 사랑하는 내 마음도 그 물결처럼 그침이 없네라는 내용이다.

527 將來云毛 不來時有乎 不來云乎 將來常者不待 不來云物乎

來むといふも 來ぬ時あるを 來じといふを 來むとは待たじ 來じといふものを[1]

こむといふも こぬときあるを こじといふを こむとはまたじ こじといふものを

528 千鳥鳴 佐保乃河門乃 瀬乎廣弥 打橋渡須 奈我來跡念者

千鳥鳴く 佐保の河門[2]の 瀬を廣み 打橋渡す 汝が來と[3]おもへば

ちどりなく さほのかはとの せをひろみ うちはしわたす ながくとおもへば

左注 右, 郎女者, 佐保大納言卿之女也. 初嫁一品[4]穗積皇子, 被寵無儔. 而皇子薨之後時, 藤原麿大夫娉之郎女焉. 郎女, 家於坂上里.[5] 仍族氏号曰坂上郎女也.

---

1 노래의 각 구마다 'こ'로 시작한 유희적인 노래.
2 **河門**: 건너는 곳.
3 **汝が來と**: 汝が來(나가쿠)와 長く(나가쿠)의 발음이 같으므로, '당신이 오래도록 계속 온다면'이라는 이중적 의미로 사용하였다.
4 **一品**: 황자에게 수여된 최고 지위.
5 **坂上里**: 奈良 북쪽 근교.

527 온다고 말해도/ 못 오는 때 있는 걸/ 못 온다 말한 걸/ 올 거라 안 기다려/ 안 온다고 말한 것을

해설

온다고 분명히 말을 했는데도 못 오는 때가 있는데 하물며 오지 않는다고 말을 했는데 올 것이라고 생각하고 기다리는 일 따위 하지 않을 거예요. 오지 않는다고 말을 했는 걸요라는 내용이다.

'오다'를 계속 반복한, 언어 유희적인 작품인 듯하다.

528 새들이 우는/ 사호(佐保)의 건너는 곳/ 여울 넓어서/ 나무 다리 만들죠/ 당신 계속 오신다면

해설

새들이 우는 사호(佐保)의 건너는 곳은 여울이 넓으니 나무다리라도 만들지요. 만약 그대가 계속해서 오시겠다고 한다면이라는 내용이다.

全集에서는 새들이 우는 사호(佐保)의 건너는 곳 여울이 넓으므로 판자로 다리를 걸칩니다. 당신이 오신다고 생각해서'로 해석을 하였다.

좌주 위의 郎女는 사호(佐保)의 大納言卿의 딸이다. 처음에 一品 호즈미(穗積)황자에게 시집을 갔는데, 비할 바 없는 큰 총애를 받았다. 황자가 사망한 후에 후지하라노 마로(藤原麿)大夫가 郎女를 아내로 취하였다. 郎女의 집은 사카노우헤노 사토(坂上里)에 있었다. 그래서 친족들은 坂上郎女라고 불렀다.

又 大伴坂上郎女歌[1]一首

529 佐保河乃 涯之官能 少歷木莫苅焉 在乍毛 張之來者 立隱金

佐保河の 岸のつかさ[2]の 柴な苅りそね[3] 在りつつも 春し來らば 立ち隱るがね[4]

さほがはの きしのつかさの しばなかりそね ありつつも はるしきたらば たちかくるがね

天皇賜海上女王御歌一首 [寧樂宮卽位天皇也]

530 赤駒之 越馬柵乃 緘結師 妹情者 疑毛奈思

赤駒の 越ゆる馬柵[5]の 結びてし 妹が情は 疑ひも無し

あかごまの こゆるうませの むすびてし いもがこころは うたがひもなし

左注 右, 今案, 此謌擬古之作也. 但以時當,[6] 便賜斯歌歟.

---

1 **歌**: 旋頭歌(577577 형식의 노래를 말한다). 민중의 口誦歌 형식으로 장난스럽게 그것을 흉내낸 것이다.
2 **つかさ**: 조금 높은 곳.
3 **柴な苅りそね**: 금지는 旋頭歌의 유형이다.
4 **立ち隱るがね**: 숨어 만나는 생각(스스로 그렇게 하는 것은 아님).
5 **馬柵**: 말 우리의 가로지른 나무.
6 **時當**: 그 상황에 맞음. 그 상황이라는 것은 古歌를 서로 부르는 풍류의 場인가.

또 오호토모노 사카노우헤노 이라츠메(大伴坂上郎女)의 노래 1수

529 사호(佐保)의 강의/ 언덕 조금 높은 곳/ 섶을 베지 말게나/ 그대로 뒀다/ 봄이 되었을 때에/ 숨어 만나기 위해

해설

사호(佐保)강 언덕 조금 높은 곳의 섶은 베지 말아요. 그대로 두었다가 봄이 되었을 때에 사랑하는 사람과 그곳에 숨어서 만나기 위해서라는 내용이다.

천황(聖武천황)이 우나카미노 오호키미(海上女王)에게 보낸 노래 1수 [寧樂宮(平城宮)에서 즉위한 천황이다]

530 붉으스런 말/ 뛰넘는 울짱처럼/ 둘러쳐놓은/ 그녀의 마음에는/ 의심할 바가 없네

해설

붉은 빛 도는 말이 훌쩍 뛰어 넘는 울짱을 단단히 묶듯이, 단단히 맹세하여 묶은 그녀의 마음에는 아무런 의심할 바가 없네라는 내용이다.

좌주 위는 지금 생각해보니, 이 노래는 옛 노래를 모방한 작품이다. 다만 그때의 기분에 맞았으므로 바로 이 노래를 보낸 것일까.

海上女王奉和謌一首 [志貴皇子之女也]

531 梓弓 爪引夜音之 遠音尒毛 君之御幸乎 聞之好毛

梓弓 爪引く夜音[1]の 遠音にも 君が御幸を 聞かくし好しも[2]

あづさゆみ つまびくよとの とほとにも きみがみゆきを きかくしよしも

大伴宿奈麿宿祢謌二首 [佐保大納言卿之第三子也]

532 打日指 宮尒行兒乎 眞悲見 留者苦 聽去者爲便無

うち日さす 宮に行く兒を まがなしみ[3] 留むれば苦し やればすべなし

うちひさす みやにゆくこを まがなしみ とむればくるし やればすべなし

---

1 **梓弓 爪引く夜音**: 邪鬼를 물리치기 위해 호위 무사가 울리는 현의 소리.
2 이 작품도 擬古에 의한 것으로 총애를 받는 궁중의 여인들에게 전해져 내려오던 노래인가.
3 **まがなしみ**: '마(ま)'는 미칭. '가나시(がなし)'는 애절할 정도로 사랑스러움. 東歌에 많이 사용되었다. 여기도 지방색이 있으며 어머니의 마음을 노래한 것인가.

우나카미노 오호키미(海上女王)가 답해서 올린 노래 1수 [시키노 미코(志貴황자)의 딸이다]

531 멋진 활을요/ 손톱 쳐 울리듯이/ 먼 소리나마/ 님의 행차하심을/ 듣는 것 기쁘네요

해설

한밤중에 멋진 활을 손톱으로 쳐서 울리는 활의 현이 울리는 소리처럼, 멀리서나마 님 행차하신 것을 듣는 것 기쁘네요라는 내용이다.

'爪引く夜音'는 밤에 경호하는 무사들이 사악한 귀신들을 물리치기 위해 검지 끝으로 가볍게 활의 줄을 퉁겨서 소리를 내었다고 하는 데서 유래한 표현이다.

오호토모노 스쿠나마로노 스쿠네(大伴宿奈麿宿禰)의 노래 2수 [사호(佐保)의 大納言卿(安麿)의 셋째 아들이다]

532 화려한 궁중/ 일을 가는 처녀가/ 사랑스러워/ 붙잡으면 괴롭고/ 보내면 슬퍼지네

해설

화려한 궁중에 섬기러 가는 처녀가 애절하도록 사랑스러워 붙잡고 싶지만 붙잡으면 마음이 괴롭고 보내면 어떻게 할 방법이 없어서 슬퍼지네라는 내용이다.

533 難波方 塩干之名凝 飽左右二 人之見兒乎 吾四乏毛

難波潟 潮干の波殘[1] 飽くまでに 人の見る兒[2]を われし羨しも[3]

なにはがた しほひのなごり あくまでに ひとのみるこを われしともしも

安貴王謌一首幷短謌

534 遠嬬 此間不在者 玉鉾之 道乎多遠見 思空 安莫國 嘆虛 不安物乎 水空往 雲尒毛欲成 高飛 鳥尒毛欲成 明日去而 於妹言問 爲吾 妹毛事無 爲妹 吾毛事無久 今裳見如 副而毛欲得

遠妻[4]の ここにあらねば 玉鉾の 道をた遠み 思ふそら[5] 安けなくに 嘆くそら 安からぬものを み空行く 雲にもがも 高飛ぶ 鳥にもがも 明日行きて 妹に言問ひ わがために 妹も事無く 妹がため われも事無く[6] 今も見るごと[7] 副ひてもがも

とほづまの ここにあらねば たまほこの みちをたどほみ おもふそら やすけなくに なげくそら やすからぬものを みそらゆく くもにもがも たかとぶ とりにもがも あすゆきて いもにことどひ わがために いももことなく いもがため われもことなく いまもみるごと たぐひてもがも

---

1 **潮干の波殘**: 곳곳에 남은 물웅덩이. 얕은 갯벌에서 질릴 정도로 생기는 것이 충분히 만나는 것의 비유. 도리어 나의 연인은 생각하는 것처럼 만날 수 없다.
2 **人の見る兒**: 다른 남자가 사랑하는 여자.
3 이 작품에도 비유에 지방색이 있다.
4 **遠妻**: 멀리 있는 것은, 여기에 없는 것과 중복되는 것으로 보이지만 그 사이에 '확실하게'라는 기분이 들어 있다.
5 **思ふそら**: 身上. 정황.
6 **われも事無く**: 서로 상대방을 위해 무사하며.
7 **今も見るごと**: 항상 보고 있는 것 같은 상태로.

533 나니하(難波) 개펄/ 썰물 흔적 생기듯/ 질릴 때까지/ 사람들 보는 아일/ 나는 아쉬워하네

해설

나니하(難波) 갯벌 전체에, 썰물에 남은 파도 흔적이 생기는 것처럼, 생각하는 만큼 마음껏 만날 수 있는 다른 사람의 연인이 부럽네. 그러나 나의 애인은 생각처럼 만날 수 없네라는 내용이다.

아키노 오호키미(安貴王)의 노래 1수와 短歌

534 먼 곳 아내는/ 여기에 없으므로/ (타마호코노)/ 길도 아주 멀어서/ 생각는 맘도/ 편하지가 않고/ 탄식하는 맘/ 편안하지 않은 것을/ 하늘을 가는/ 구름 되었으면/ 높이 나는/ 새라도 됐으면/ 내일 나가서/ 아내에게 말 걸어/ 나를 위해서/ 아내도 무사하고/ 아내 위해서/ 나도 아무 일 없고/ 눈으로 보는 듯이/ 함께 있고만 싶네

해설

아내는 먼 곳에 있고 여기에 없으므로 가는 길도 멀고, 마음도 편안하지가 않고, 매일 탄식하다 보니 마음도 불안하네. 하늘을 떠가는 구름이라도 되었으면 좋겠네. 하늘 높이 날아가는 새라도 되고 싶네. 그렇다면 내일이라도 일찍 날아가서 아내에게 말을 걸고, 나를 위해서 아내도 아무 일이 없이 무사하고, 아내를 위해서 나도 아무 일이 없이 무사해서 실제로 눈으로 보며 확인할 수 있도록 함께 있고만 싶네라는 내용이다.

反謌

535 敷細乃 手枕不纏 間[1]置而 年曾經來 不相念者

敷栲の 手枕卷かず 間置きて 年そ經にける[2] 逢はなく思へば[3]

しきたへの たまくらまかず あひだおきて としそへにける あはなくおもへば

左注 右，安貴王娶因幡八上釆女，[4] 係念極甚，愛情尤盛. 於時勅斷不敬之罪，退却本鄉焉. 于是王意悼怛聊作此歌也.

門部王戀謌一首

536 飫宇能海之 塩干乃潟之 片念尒 思哉將去 道之永手呼

飫宇の海の 潮干の潟の 片思に[5] 思ひや行かむ 道の長道[6]を

おうのうみの しほひのかたの かたもひに おもひやゆかむ みちのながてを

左注 右, 門部王, 任出雲守時, 娶部內[7]娘子也. 未有幾時, 旣絶往來. 累月之後, 更起愛心. 仍作此謌贈致娘子.

---

1 **間**: 두 사람 사이.
2 **年そ經にける**: 해가 바뀌는 것을 말하기도 한다. 구체적으로 몇 년을 말하는지는 不明.
3 **逢はなく思へば**: 만나지 않은 것 생각하니.
4 **八上釆女**: 因幡國 八上郡 출신의 釆女. 연애하는 것이 釆女로서는 불경죄가 되었다. 釆女의 '本鄕退却'의 예는 黑日賣(고사기 仁德條)가 있고, 죄가 없어도 釆女의 귀향을 전하는 이야기는 많다. 원래 왕의 형벌도 있었겠지만, 여기서는 언급되지 않고 있다.
5 **片思に**: 이미 일단 연애가 끝나고 있으므로 지금은 왕의 짝사랑이다.
6 **長道**: '테(テ)'는 '치(チ: 道)'와 같은 것인가.
7 **部內**: 出雲守로서의 관할 구역내.

反歌

535 (시키타헤노)/ 팔베개 베지 않고/ 떨어져 있으며/ 해가 지나 버렸네/ 안 만난 것 생각하니

해설

부드러운 팔베개를 서로 베지 않고 떨어져 있는 동안에 벌써 한해가 지나가 버렸네. 만나지 않은 것을 생각하니라는 내용이다.

좌주 위는 아키(安貴)王이 이나바(因幡)의 야카미(八上)采女를 맞이하였는데, 많이 생각하고 애정이 대단하였다. 그런데 천황의 명령에 의해 불경죄로 采女는 고향으로 추방되었다. 이에 왕이 슬퍼하여 이 노래를 지었다.

카도베노 오호키미(門部王)의 사랑의 노래 1수

536 오우(意宇)의 바다의/ 물 빠진 갯벌처럼/ 짝사랑으로/ 생각하며 가는가/ 길고 긴 길 사이를

해설

오우(意宇) 바다의 물 빠진 갯벌처럼 짝사랑으로 생각하며 가는가. 길고 긴 길 사이를이라는 내용이다.
'시호히노(潮干の) 카타노(潟の) 카타모이니(片思に)'는 '카타(潟 : 갯벌)'와 '카타모이니(片思)'의 '카타'가 발음이 같으므로 받아서 설명을 한 것이다.

좌주 위는 카도베(門部)王이 出雲守에 임명되었을 때 그곳 部內의 처녀를 취하였다. 얼마 지나지 않았는데 찾아가지 않게 되었다. 몇 개월이 지난 뒤에 다시 애정이 되살아났다. 그래서 이 노래를 지어서 여성에게 보내었다.

高田女王贈今城王歌六首

537 事清 甚毛莫言 一日太尒 君伊之哭者 痛寸敢物

言清く[1] いたくも言ひそ 一日だに 君いし無くは 痛きかも

こときよく いたくもいひそ ひとひだに きみいしなくは あへがたきかも

538 他辭乎 繁言痛 不相有寸 心在如 莫思吾背子

他辭を 繁み言痛み 逢はざりき 心[2]あるごと な思ひわが背子

ひとごとを しげみこちたみ あはざりき こころあるごと なおもひわがせこ

539 吾背子師 遂常云者 人事者 繁有登毛 出而相麻志乎

わが背子し 遂げむ[3]と言はば 人言は 繁くありとも 出でて逢はましを[4]

わがせこし とげむといはば ひとごとは しげくありとも いでてあはましを

---

1 **言清く**: 그럴듯하게 올 수 없는 구실을 말했던 것인가.
2 **心**: 다른 마음.
3 **遂げむ**: 결단하여 행하려고 한다면.
4 **出でて逢はましを**: 결단하지 못하는 것을 힐책하는 이면에는 책임 전가가 있다.

타카타노 오호키미(高田女王)가 이마키노 오호키미(今城王)에게 보낸 노래 6수

537 말만 멋지게/ 하지 말아 주세요/ 단 하루라도/ 당신이 안 계시면/ 견딜 수 없답니다

해설

그렇게 번지르르하게 말만 하지 말아 주세요. 단 하루라도 당신이 안 계시면 견딜 수 없답니다라는 내용이다.

아마도 못 오는 사정을 여러 가지로 듣고 이렇게 노래했던 것 같다.

全集에서는 '言清く いたくも言ひそ'를 '그렇게 딱 잘라 매정하게 말을 하지 마세요'로 해석을 하였다.

538 사람들 소문/ 시끄럽고 무성해/ 안 만났었죠/ 두 마음 있는 듯이/ 생각지 말아요 그대

해설

사람들 소문이 시끄러우니 사람들 눈 때문에 그대를 만나지 않았던 것이지요. 제가 다른 마음이 있는 듯이 생각지 말아요 그대여라는 내용이다.

539 오직 그대만/ 실행하려 한다면/ 사람들 소문/ 무성하다 하여도/ 나가서 만났을 텐데

해설

다만 그대가 사랑을 성취하고자 하는 적극적인 마음만 있었다면 아무리 사람들의 소문이 무성하다고 하여도 나가서 만났을 텐데요라는 내용이다.

남성의 태도가 미지근한 것을 힐책하고 있다.

540 吾背子尒 復者不相香常 思墓 今朝別之 爲便無有都流

わが背子に 復は逢はじかと 思へばか 今朝の別れの すべなかりつる

わがせこに またはあはじかと おもへばか けさのわかれの すべなかりつる

541 現世尒波 人事繁 來生尒毛 將相吾背子 今不有十方

現世には 人言繁し 來む生にも 逢はむわが背子 今ならずとも

このよには ひとごとしげし こむよにも あはむわがせこ いまならずとも

542 常不止 通之君我 使不來 今者不相跡 絶多比奴良思

常止まず 通ひし君が 使來ず 今は逢はじと たゆたひぬらし

つねやまず かよひしきみが つかひこず いまはあはじと たゆたひぬらし

540 그대 당신과/ 더 이상 못 만날까고/ 생각해선가/ 오늘 아침 이별은/ 참을 수가 없네요

해설

그대와 더 이상 못 만나는 것은 아닐까 하고 생각을 하기 때문인가요. 오늘 아침의 이별은 정말 참을 수가 없네요라는 내용이다.

541 이 세상에는/ 사람들 말이 많네/ 내세에라도/ 만나지요 님이여/ 지금이 아니라도

해설

이 세상에는 우리 두 사람에 대한 사람들의 소문이 시끄럽네요. 그러니 님이여! 꼭 지금이 아니더라도 내세에라도 만나서 사랑을 이루어 봅시다라는 내용이다.

『만엽집』에서 '내세'라는 용어가 보이는 작품이다

542 끊임없이 늘/ 다니었던 그대의/ 使者 오잖네/ 이제 안 만나려고/ 망설이는 듯하네

해설

심부름으로 저의 집에 끊임없이 늘 왔던, 그대가 보낸 사람이 오지 않네요. 아마도 그대는 이제 나를 만나지 않으려고 망설이고 있는 듯하네요라는 내용이다.

神龜元年甲子冬十月[1] 幸紀伊國之時 爲贈從駕人[2] 所誂娘子[3]作歌一首 幷短歌 笠朝臣金村[4]

543 天皇之 行幸乃隨意 物部乃 八十伴雄与 出去之 愛夫者 天翔哉 輕路從 玉田次 畝火乎見管 麻裳吉 木道介入立 眞土山 越良武公者 黃葉乃 散飛見乍 親之 吾者不念 草枕 客乎便宜常 思乍 公將有跡 安蘇々二破 且者雖知 之加須我仁 默然得不在者 吾背子之 往乃萬々將追跡者 千遍雖念 手弱女 吾身之有者 道守之 將問答乎 言將遣 爲便乎不知跡 立而爪衝

大君の 行幸のまにま 物部の 八十伴の雄と 出で行きし 愛し夫は[5] 天飛ぶや 輕の路より 玉襷 畝火を見つつ 麻裳よし 紀路に入り立ち 眞土山 越ゆらむ君は 黃葉の 散り飛ぶ見つつ 親し われは思はず 草枕 旅を宜しと 思ひつつ 君はあらむと あそそには かつは知れども しかすがに[6] 默然もえあらねば わが背子が 行のまにまに 追はむとは 千遍おもへど 手弱女の わが身にしあれば 道守の 問はむ答を 言ひ遣らむ 術を知らにと 立ちて爪づく

おほきみの みゆきのまにま もののふの やそとものをと いでゆきし うるはしつまは あまとぶや かるのみちより たまたすき うねびをみつつ あさもよし きぢにいりたち まつちやまこゆらむきみは もみちばの ちりとぶみつつ にきびにし われはおもはず くさまくら たびをよろしと おもひつつ きみはあらむと あそそには かつはしれども しかすがに もだもえあらねば わがせこが ゆきのまにまに おはむとは ちたびおもへど たわやめの わがみにしあれば みちもりの とはむこたへを いひやらむ すべをしらにと たちてつまづく

1 冬十月 : 10월 5일~23일.
2 從駕人 : 낭자의 남편.
3 娘子 : 궁녀인가. 그녀에게 부탁받은 代作.
4 笠朝臣金村 : 제목으로 새로 쓰여진 것이 아니고 원문을 정리하여 잘라서, 작자명을 기록한 것이다.
5 愛し夫は : 사랑해야 할 남편. 남편은 '~入り立ち', '越ゆらむ君は~見つつ', '思ひつつ 君はあらむ' 세 번 남편의 상태가 반복된다.
6 しかすがに : 그렇지는 않지만, 그러나.

神龜 원년 甲子(724) 겨울 10월에 키(紀伊)국에 행차했을 때 從駕한 사람에게 보내기 위하여, 어떤 娘子에게 부탁받아 지은 노래 1수와 短歌
카사노 아소미 카나무라(笠朝臣金村)

543 우리 대왕의/ 行幸에 동행해서/ 문무백관의/ 신하들과 다 함께/ 출발해서 간/ 사랑하는 남편은/ (아마토부야)/ 카루(輕)의 길로부터/ (타마타스키)/ 우네비(畝火)를 보면서/ (아사모요시)/ 키(紀)국에 들어가서/ 마츠치(眞土) 산을/ 지금쯤 넘을 당신/ 단풍잎들이/ 떨어지는 것 보며/ 친숙하였던/ 나를 생각지 않고/ (쿠사마쿠라)/ 여행을 즐겁다고/ 생각하면서/ 그대는 있을 거라/ 어렴풋이는/ 한편 알고 있지만/ 그렇다 해서/ 잠자코 있을 수 없어/ 나의 남편이/ 떠나간 길 그대로/ 뒤따라가려/ 여러 번 생각해도/ 연약한 여자/ 몸이고 보니까/ 길 지키는 이/ 물었을 때 대답을/ 어떻게 할 지/ 방법을 알 수 없어/ 서서는 망설이네

해설

우리 왕의 행차를 수행하느라, 문무백관들과 다 함께 출발해서 떠나간 사랑하는 남편은, 카루(輕)의 길에서 우네비(畝火)산을 보면서 키(紀) 나라에 들어가서 마츠치(眞土)산을 지금쯤 넘고 있겠지요. 당신은 사랑하는 나를 생각하지 않고, 단풍잎들이 떨어지는 것을 보면서 여행을 즐겁다고 생각하면서 있을 것이라고 어렴풋이는 알고는 있지요. 그렇지만 잠자코 있을 수가 없어서 남편이 떠나간 길을 그대로 뒤따라서 가려고 여러 번 생각을 해보지만 연약한 여자 몸이다 보니, 만약 길을 지키는 사람이 물었을 때 뭐라고 대답을 해야할지 알 수가 없으므로 떠나지는 못하고 서서는 어떻게 할까 망설이고만 있네요라는 내용이다.

反謌

544 後居而 戀乍不有者 木國乃 妹背乃山尒 有益物乎

後れゐて 戀ひつつあらずは 紀伊の國の 妹背の山に あらましものを

おくれゐて こひつつあらずは きのくにの いもせのやまに あらましものを

545 吾背子之 跡履求 追去者 木之關守伊 將留鴨

わが背子が 跡ふみ求め 追ひ行かば 紀伊の關[1]守い 留めてむ[2]かも

わがせこが あとふみもとめ おひゆかば きのせきもりい とどめてむかも

---

1 **紀伊の關**: 소재불명. 眞土山 근처인가.
2 **留めてむ**: '테무(てむ)'는 작위적 동작에, '나무(なむ)'는 자연 추이적 동작에 사용한다고 한다.

反歌

544 뒤에 남아서/ 그리워하기 보다는/ 키(紀)의 나라의/ 이모세(妹背)의 산으로/ 되는 것이 좋겠네

해설

떠나간 남편 뒤에 혼자 남아서 남편을 그리워하고 있기보다는 차라리 키(紀) 나라의 이모세(妹背)산이 되는 것이 좋겠네라는 내용이다.

그러면 그곳에가 있는 남편을 볼 수 있을 텐데라는 내용이다.

545 나의 남편이/ 간 발자취 찾아서/ 따라 간다면/ 키(紀)나라의 포졸은/ 못 가게 할 것인가

해설

나의 남편이 간 발자취를 찾아서 따라 간다면 키(紀)나라로 들어가는 길목을 지키는 포졸은 나를 못 들어 가게 할 것인가라는 내용이다.

二年乙丑春三月[1] 幸三香原離宮[2]之時 得娘子[3]作謌一首并短歌
笠朝臣金村

546 三香乃原 客之屋取尒 珠桙乃 道能去相尒 天雲之 外耳見管 言將問 緣乃無者 情耳 咽乍有尒 天地 神祇辭因而 敷細乃 衣手易而 自妻跡 憑有今夜 秋夜之 百夜乃長 有与宿鴨

三香の原 旅の宿りに 玉桙の 道の行き合ひに[4] 天雲の[5] 外のみ見つつ 言問はむ 緣の無ければ 情のみ 咽せつつあるに 天地の 神祇こと寄せて[6] 敷栲の 衣手易へて 自妻と たのめる今夜 秋の夜の 百夜[7]の長さ ありこせぬかも

みかのはら たびのやどりに たまほこの みちのゆきあひに あまぐもの よそのみみつつ こととはむ よしのなければ こころのみ むせつつあるに あめつちの かみことよせて しきたへの ころもでかへて おのづまと たのめるこよひ あきのよの ももよのながさ ありこせぬかも

1 **二年乙丑春三月**: 이때의 行幸을 續紀에서는 기록하지 않았다.
2 **三香原離宮**: 후의 久邇(쿠니)宮. 法花寺野(호우케지노)부근인가. 이 지역의 넓이가 항아리(甕: 미카) 모양과 비슷해서인가.
3 **娘子**: 그 지방의 낭자. 단지 이것을 주제로 요청받아 지은 허구의 노래.
4 **道の行き合ひに**: 길에서 만남.
5 **天雲の**: 하늘의 구름처럼 떨어져서 밖에 있다는 뜻이므로 '外'에 연결된다.
6 **神祇こと寄せて**: 말을 하는 것. 사람에게 하는 말은 반쯤, 필요한 사회적 승인이기도 하며 그러므로 기쁨이지만 반대로 숨기는 경우는 사람의 말을 두려워하였다. 여기서는 신에게 승인받은 것을 말한다.
7 **百夜**: 봄은 短夜라고 하며, 가을은 長夜라고 한다. 그 白夜.

(神龜) 2년 乙丑 봄 3월에 미카노하라(三香原) 離宮에 행차했을 때 娘子를 얻어서 지은 노래 1수와 短歌 카사노 아소미 카나므라(笠朝臣金村)

546 미카(三香) 들판의/ 여행길 잠자리서/ (타마호코노)/ 길 가다 만난 처녀/ (아마구모노)/ 멀리서만 보면서/ 말을 걸어볼/ 방법도 없다 보니/ 마음속으로/ 슬퍼하고 있는데/ 하늘과 땅의/ 신의 승낙에 의해/ (시키타헤노)/ 소매를 어긋하고/ 나의 아내로/ 맞이하는 오늘밤/ 가을날 밤의/ 백날 밤의 길이로/ 되었으면 좋겠네

해설

여행하다가 미카(三香) 들판의 잠자리에서, 길 가다 만난 처녀를 구름과 같이 멀리서 모습만 바라보면서 말을 걸어볼 방법이 없어서 마음 속으로 슬퍼하고 있는데 천지신의 도움으로 서로 소매를 어긋하여 팔베개를 하고 나의 아내로 맞이하는 오늘밤은, 긴긴 가을밤의 백날 밤의 길이로 길게 되었으면 좋겠네. 그래서 흡족하게 사랑을 나누었으면 좋겠네라는 내용이다.

反謌

547 天雲之 外從見 吾妹兒尒 心毛身副 縁西鬼[1]尾

天雲の 外に見しより 吾妹子に 心も身さへ 寄りにしものを

あまぐもの　よそにみしより　わぎもこに　こころもみさへ　よりにしものを

548 今夜之 早開者 爲便乎無三 秋百夜乎 願鶴鴨

今夜の 早く明くれば すべを無み 秋の百夜を 願ひつるかも

こよひの はやくあくれば　すべをなみ　あきのももよを　ねがひつるかも

---

1 **鬼**: 혼. '모노(もの)'는 靈異한 것이라는 뜻으로 '鬼'자를 사용.

反歌

547 (아마구모노)/ 멀리서 본 이후로/ 처녀에게로/ 마음도 몸조차도/ 쏠려 버렸답니다

해설

멀리 하늘에 떠 있는 구름을 바라보듯이 멀리서 본 이후로 그녀에게 나의 마음도 몸도 온통 쏠려 버렸답니다라는 내용이다.

548 오늘 밤이/ 빨리 밝아 가므로/ 어쩔 수 없어/ 가을의 백날 밤을/ 기원한 것이지요

해설

사랑하는 그대와 함께 지새는 오늘 밤이 빨리 새어 버리면 억울해서 견딜 수 없으므로, 더더구나 봄날 밤이므로 빨리 지새는 것이 안타까워서 당신과 오래도록 함께 있고 싶어서 긴긴 가을밤, 그것도 백날 밤의 시간을 합친 것과 같은 긴 시간을 원하는 것이랍니다라는 내용이다.

五年戊辰 大宰少貳[1]石川足人朝臣遷任 餞于筑前國蘆城[2]驛家謌三首

549 天地之 神毛助与 草枕 羈行君之 至家左右

天地の 神も助けよ 草枕 旅ゆく君が 家に至るまで[3]

あめつちの かみもたすけよ くさまくら たびゆくきみが いへにいたるまで

550 大船之 念憑師 君之去者 吾者將戀名 直相左右二

大船の[4] 思ひたのみし 君が去なば われは戀ひむな 直に逢ふまでに

おほふねの おもひたのみし きみがいなば われはこひむな ただにあふまでに

551 山跡道之 嶋乃浦廻尒 縁浪 間無牟 吾戀巻者

大和路の 島の浦廻に 寄する波[5] 間も無けむ わが戀ひまくは

やまとぢの しまのうらみに よするなみ あひだもなけむ わがこひまくは

左注 右三首, 作者未詳.[6]

---

1 **大宰少貳**: 小野老의 전임자인가.
2 **蘆城**: 福岡縣 筑紫野市 阿志岐. 大宰府의 동남 4킬로미터.
3 **家に至るまで**: '家'는 오늘날의 里(마을)와 거의 같다.
4 **大船の**: 돌아가는 길의, 배로 하는 여행에 대한 연상이 있다. 비슷한 노래로 3188번가 등이 있다.
5 **寄する波**: 끊임없는 파도이므로 '間も無けむ'에 연결된다.
6 **作者未詳**: 집단적인 송별연에서의 노래였으므로 개인에 얽매이지 않았던 결과 작자 미상이 되었다.

(神龜) 5년 戊辰(728)에 大宰少貳 이시카하노 타리히토노 아소미(石川足人朝臣)가 轉任했으므로 치쿠시노 미치노쿠치(筑前)국의 아시키(蘆城)의 驛家에서 송별연을 열었을 때의 노래 3수

549 하늘과 땅의/ 신도 지켜주세요/ (쿠사마쿠라)/ 여행길 가는 그대/ 집에 도착할 때까지

해설

하늘과 땅의 신들도 여행길의 안전을 지켜주세요. 풀베개 베며 하는 힘든 여행길 가는 그대가 무사히 집에 도착할 때까지라는 내용이다.

550 큰 배와 같이/ 생각코 의지했던/ 그대가 떠나면/ 나는 그립겠지요/ 다시 만나 볼 때까지

해설

큰 배를 타면 마음이 안심이 되고 든든하듯이 그렇게 마음 든든하게 생각하고 의지했던 친애하는 그대가 떠나가면 나는 그립겠지요. 다시 만나 볼 때까지라는 내용이다.

551 야마토(大和)길의/ 섬 포구에 밀리는/ 파도와 같이/ 끊어짐이 없겠죠/ 내 그대 생각는 맘

해설

야마토(大和)길의 섬 포구 쪽으로 끊임없이 밀려드는 파도처럼 쉴 틈이 없겠지요. 내가 그대를 그리워하는 마음은요라는 내용이다. 계속 그리울 것이라는 뜻이다.

좌주 위의 3수는 작자를 아직 알 수 없다.

大伴宿祢三依謌[1]一首

552 吾君者 和氣乎波死常 念可毛 相夜不相夜 二走良武

わが君は[2] わけ[3]をば死ねと 思へかも 逢ふ夜逢はぬ夜 二つ走くらむ[4]

わがきみは わけをばしねと おもへかも あふよあはぬよ ふたつゆくらむ

丹生女王贈大宰帥大伴卿謌二首

553 天雲乃 遠隔乃極 遠鶏跡裳 情志行者 戀流物可聞

天雲の 遠隔の極 遠けども 心し[5]行けば 戀ふるものかも

あまぐもの そくへのきはみ とほけども こころしゆけば こふるものかも

---

1 **大伴宿祢三依謌**: 556번가로 보아 카모(賀茂)女王에게 보낸 노래인가.
2 **君は**: 여성에게 '君'이라고 하는 것은 戲歌.
3 **わけ**: 젊은 녀석. 이것도 스스로를 희화화 한 것이다.
4 이 작품이 大宰府로 내려간 후의 작품이라면 꿈에 만나는 것이 된다. 도읍에 있을 때의 노래라면 大宰府에서 읊어서 모두에게 알려진 노래가 된다 → 556번가 참조.
5 **心し**: 몸은 못 가지만 마음만은.

오호토모노 스쿠네 미요리(大伴宿禰三依)의 노래 1수

552 당신께서요/ 이 몸을 죽으라고/ 생각해설까/ 만난 밤 안 만난 밤/ 번갈아 지나가네

해설

당신은 나를 죽으라고 생각하고 있기라도 하는 것인지. 그대를 만나는 밤, 만나지 못하는 밤이 번갈아 지나가네라는 내용이다. 매일 만나지 못하는 아쉬움을 말하고 있다.

니후노 오호키미(丹生女王)가 大宰帥 오호토모(大伴)경에게 보낸 노래 2수

553 (아마구모노)/ 먼 곳처럼 그대는/ 멀리 있지만/ 마음은 달려가니/ 이리 그리운가요

해설

하늘의 구름처럼 그대는 멀리 있지만 마음은 그대에게로 달려가므로 이렇게 그리운 것인가요라는 내용이다.

大伴卿은 오호토모노 타비비토(大伴旅人)이다.

私注·注釋에서는 中西 進과 같이 해석을 하였다. 全集에서는 '구름이 걸려 있는 저 먼 곳처럼 멀어도 내 마음만 전해지면 사랑해주실 건가요'로 해석을 하였다.

554 古　人乃令食有 吉備能酒 病者爲便無 貫簀賜牟

古の　人の食こ[1]せる 吉備の酒 病めばすべなし 貫簀[2]賜らむ

いにしえの　ひとのきこせる　きびのさけ　やめばすべなし　ぬきすたばらむ

大宰帥大伴卿贈大貳丹比縣守卿遷任[3]民部卿謌一首

555 爲君 釀之待酒 安野尒 獨哉將飮 友無二思手

君がため 釀み[4]し待酒[5] 安の野[6]に 獨りや飮まむ 友無しにして

きみがため かみしまちざけ やすののに ひとりやのまむ ともなしにして

---

1 **食こ**: 『고사기』 應神條에 大御酒를 '聞(き)こし以ち食(を)せ'라고 하였다. '食す'로 읽으면 '有'를 タル(타루)로 읽게 되어 다소 어색하다.

2 **貫簀**: 대나무로 짜서 화장실에 사용했다. 筑後의 正稅帳에 이러한 일을 하는 工人을 바치는 기록이 있다.

3 **遷任**: 天平 원년(729) 2월 11일인가.

4 **釀み**: 양조하다. 원래 입에 머금고 발효시켰으므로 カム(카무)라고 한다.

5 **待酒**: 접대하는 술.

6 **安の野**: 福岡縣 朝倉郡 夜須町. 大宰府의 동남쪽 12킬로미터.

554 그 먼 옛날의/ 사람들 마셨다는/ 키비(吉備)의 술도/ 병든 내겐 불필요/ 살평창을 주세요

해설

그 먼 옛날 사람들이 마셨다는 키비(吉備)의 그 좋은 귀한 술도 병든 나에게는 필요가 없답니다. 술보다는 살평창을 주세요라는 내용이다.

'古の 人の食こせる'를 全集에서는 '古人の たまへしめたる'로 끊어 읽고, '친한 사람 [오호토모노 타비비토(大伴旅人)]이 보내어 주었던 키비(吉備)의 술도 취하면 소용없네. 살평창(누키스 : 貫簀)을 주세요'로 해석을 하였다.

大宰帥 오호토모(大伴)경이 大貳 타지히(丹比) 縣守卿이 民部卿으로 轉任할 때[3] 보낸 노래 1수

555 그대 위해서/ 내가 만들어 온 술/ 야수(安) 들에서/ 나 혼자 마시는가/ 친구가 없으므로

해설

그대를 위해서 내가 만들어 온 술인데 야수(安) 들에서 나 혼자서 마시는 것인가. 함께 마실 친구가 없으므로라는 내용이다.

大伴卿은 오호토모노 타비비토(大伴旅人)이다.

賀茂女王贈大伴宿祢三依謌一首[1] [故左大臣長屋王之女也]

556 筑紫船 未毛不來者 豫 荒振公乎 見之悲左

筑紫船 いまだも來ねば あらかじめ 荒ぶる君を 見るが悲しさ

つくしぶね いまだもこねば　あらかじめ　あらぶるきみを　みるがかなしさ

1 이 작품은 破局에의 불안을 노래한 것이다.

카모노 오호키미(賀茂女王)가 오호토모노 스쿠네 미요리(大伴宿禰三依)에게 보낸 노래 1수 [故 左大臣 나가야노 오호키미(長屋王)의 딸이다]

556 츠쿠시(筑紫)에서/ 당신 태운 배 안 와/ 지금서부터/ 불친절한 당신을/ 보는 것이 슬프네

츠쿠시(筑紫)로부터 당신을 태운 배가 아직 도착을 하지 않고 있으니, 벌써 지금부터 친절하지 않은 당신을 보는 것이 슬프네요라는 내용이다. 남성을 태운 배가 오지 않으니 기다리다가 다소 화가 나서 부른 노래가 된다.

全集에서는, '츠쿠시(筑紫 : 九州)를 왕래하는 배가 아직 오지도 않는데 지금부터 벌써 마음을 진정시키지 못하고 들떠 있는 당신을 보는 것이 슬프네'로 해석하였다. 아마도 오호토모노 스쿠네 미요리(大伴宿禰三依)가 츠쿠시로 떠나려고 하는데 카모노 오호키미(賀茂女王)가 보기에는 大伴宿禰三依가 이별을 그다지 안타까워하지 않는 듯이 보였는지 모른다. 떠나면 당분간 만날 수 없을 것이므로 자신은 이별이 마음 아프기만 한데 떠나는 쪽은 츠쿠시에서 누군가 기다리고 있기나 한 듯 배도 오지 않았는데 무언가 들떠 있는 듯한 남성의 태도가 좀 섭섭했던 것 같다.

全集의 해석에 의하면 작자는 지금 남성과 함께 있는데, 남성은 떠나기 위해 자신을 태우러 올 배를 기다리고 있는 것이 된다. 그런데 작자는 이별이 아쉬운데 남성은 무언가 설레는 듯한 마음으로 떠나기를 원하는듯 빨리 배가 오기를 기다리는 눈치이므로 작자는 그것을 서운해하며 지은 것이 된다.

土師宿祢水道 從筑紫上京海路作謌二首[1]

557 大船乎 榜乃進介 磐介觸 覆者覆 妹介因而者

大船を 漕ぎの進みに 磐に觸れ 覆らば覆れ 妹に依りては

おほふねを　こぎのすすみに　いはにふれ　かへらばかへれ　いもによりては

558 千磐破 神之社介 我挂師 幣者將賜 妹介不相國

ちはやぶる 神の社に わが掛けし 幣は賜らむ 妹に逢はなくに

ちはやぶる かみのやしろに わがかけし ぬさはたばらむ いもにあはなくに

1 이 작품은 戱笑歌이다.

하니시노 스쿠네 미미치(土師宿禰水道)가 츠쿠시(筑紫)에서 상경하는 海路에서 지은 노래 2수

557 커다란 배를/ 힘차게 저어나가/ 바위 부딪혀/ 전복될 테면 되라/ 그녀 위해서라면

해설

큰 배를 힘차게 저어나가다가 바위에 부딪혀서 배가 전복이 된다면 전복 되어 버려라. 그것도 그녀를 위해서라면 좋다는 내용이다. 사랑하는 사람을 빨리 만나고 싶은 마음을 이렇게 표현하였다.

558 힘이 무척 센/ 신이 있는 신사에/ 내가 바쳤던/ 공물은 돌려주오/ 그녀 만나지 못하니

해설

힘이 무척 세고 능력 있는 신이 있다는 신사에, 사랑하는 그녀를 만나게 해달라고 내가 바쳤던 공물은 다시 돌려주세요. 아직 그녀를 만나지 못하고 있으니라는 내용이다.

大宰大監大伴宿祢百代[1]戀謌四首

559 事毛無　生來之物乎　老奈美尒　如是戀于毛　吾者遇流香聞

事も無く　生き來しものを　老なみに　かかる戀にも　われは遇へるかも

こともなく　いきこしものを　おいなみに　かかるこひにも　われはあへるかも

560 孤悲死牟　後者何爲牟　生日之　爲社妹乎　欲見爲礼

戀ひ死なむ　後は何せむ　生ける日の　ためこそ妹を　見まく欲りすれ

こひしなむ　のちはなにせむ　いけるひの　ためこそいもを　みまくほりすれ

1 百代: 百世라고도 쓴다.

大宰 大監 오호토모노 스쿠네 모모요(大伴宿禰百代)의 사랑의 노래 4수

559 아무 일 없이/ 여태껏 살아 온 걸/ 나이 들어서/ 이러한 사랑을요/ 나는 만나버렸다네

해설

별다른 아무 일 없이 지금까지 잘 살아왔는데, 새삼스럽게 나이가 들어서 이렇게 마음이 고통스러운 사랑을 만나게 된 것이네라는 내용이다.

560 그리다 죽은/ 후는 소용이 없네/ 살았는 날을/ 위해서만 그대를/ 만나고 싶은 게요

해설

그리워하다가 죽고 나면 아무 소용이 없겠지요. 그러니 살아 있는 날을 위해서 그대를 만나고 싶은 것이지요라는 내용이다.

561 不念乎 思常云者 大野有 三笠社之 神思知三

思はぬを 思ふといはば 大野[1]なる 三笠の杜の 神し知らさむ

おもはぬを おもふといはば おほのなる みかさのもりの かみししらさむ

562 無暇 人之眉根乎 徒 令掻乍 不相妹可聞

暇無く 人の眉根を いたづらに 掻かしめ[2]つつも 逢はぬ妹かも

いとまなく ひとのまよねを いたづらに かかしめつつも あはぬいもかも

---

1 **大野**: 福岡縣 大野城市 山田.

2 **眉根を~掻かしめ**: 연인을 만날 수 있다는 징조로 생각한 속신이 있었다. 『유선굴』에도 그러한 내용이 보인다.

561 사랑 않는데/ 사랑한다 말하면/ 오호노(大野) 안의/ 미카사(御笠)의 신사의/ 신이 심판하겠지

해설

사랑하지도 않으면서 사랑한다고 거짓말을 하면 오호노(大野)에 있는 미카사(御笠)신사의 신이 심판을 해서 벌을 내리겠지요라는 내용이다.

562 쉴 사이 없이/ 자꾸 남의 눈썹을/ 공연하게도/ 긁게 하여 놓고는/ 못 만나는 그녀네

해설

쉴 사이 없이 계속 자신의 눈썹을 공연히 긁게 하면서도 실제로는 만나주지 않는 당신이여라는 내용이다.

일본 고대인들은 눈썹이 가려운 것을 사랑하는 사람을 만날 수 있다는 징조로 믿었다. 비슷한 내용이 2809번가에도 보인다.

大伴坂上郎女謌二首

563 黑髮二 白髮交 至耆 如是有戀庭 未相尒

黑髪に 白髪交り 老ゆるまで かかる戀には いまだ逢はなくに[1]

くろかみに しらかみまじり おゆるまで かかるこひには いまだあはなくに

564 山菅之 實不成事乎 吾尒所依 言礼師君者 与孰可宿良牟

山菅の 實成らぬことを われに依せ[2] 言はれし君は 誰とか宿らむ

やますげの みならぬことを われによせ いはれしきみは たれとかぬらむ

---

1 559·573번가와 題材가 같다. 559번가와 같은 때의 즉흥가였는가.
2 **われに依せ**: 다른 사람들이 당신을 나에게 연관시켜 말하는 것.

오호토모노 사카노우헤노 이라츠메(大伴坂上郎女)의 노래 2수

563 검은 머리에/ 흰 머리가 섞이는/ 오늘날까지/ 이러한 사랑일랑/ 아직 만난 적이 없네

해설

나이가 들어 검은 머리에 흰 머리가 섞여서 나게 된 이때까지 이렇게 그립고 애절한 사랑은 아직 해 본 적이 없네라는 내용이다.

564 산 등골처럼/ 열매가 없는 것을/ 나 때문이라/ 소문을 냈던 그대/ 누구와 자는가요

해설

사랑이 이루어지지 않은 것을 마치 내가 진실성이 없어서 그런 것처럼 말을 한 당신인데, 그런 말을 한 당신은 지금 누구와 자고 있는 것인가요라는 내용이다.

賀茂女王謌一首

565 大伴乃 見津跡者不云 赤根指 照有月夜尒 直相在登聞

大伴の 見つ[1]とは言はじ あかねさし 照れる月夜に[2] 直に逢へりとも

おほともの みつとはいはじ あかねさし てれるつくよに ただにあへりとも

大宰大監大伴宿祢百代等贈驛使謌二首

566 草枕 覊行君乎 愛見 副而曾來四 鹿乃濱邊乎

草枕 旅行く君を 愛しみ 副ひてそ來し 志賀[3]の浜邊を

くさまくら たびゆくきみを うるはしみ たぐひてそこし しかのはまべを

左注 右一首, 大監大伴宿祢百代.

1 **見つ**: 御津과 '見つ'의 의미를 함께 나타냄. 大伴三衣에게 주는 노래로 또 하나의 '大伴の三'의 이름은 말하지 않는다는 뜻이 있다. '見る'는 남녀가 만나는 것.
2 **照れる月夜に**: 2353번가에 같은 구가 있다.
3 **志賀**: 大宰府에서 멀다.

카모노 오호키미(賀茂女王)의 노래 1수

565 (오호토모노)/ 봤다곤 말 안 해요/ 매우 환하게/내비치는 달밤에/ 직접 만났다고 해도

해설

오호토모(大伴)의 미츠(三津)라는 지명처럼 서로 보았다고는 말하지 않을 것이예요. 비록 환하게 비추는 달밤에 바로 눈앞에서 만났다고 하더라도요라는 내용이다.

지명 미츠(三津)와 보았다는 뜻인 '미츠(見つ)'가 발음이 같으므로 연상하여 이렇게 표현하였다. 지명 미츠(三津)가 작품에는 보이지 않지만 '오호토모노(大伴の)'는 三津를 수식하는 상투어이므로 그렇게 해석이 된다.

大宰 大監 오호토모노 스쿠네 모모요(大伴宿禰百代) 등이 驛使에게 보낸 노래 2수

566 (쿠사마쿠라)/ 길 떠나는 그대를/ 그리워하여/ 함께 따라왔지요/ 시가(志賀)의 해변가를

해설

풀베개를 베는 험한 여행길을 떠나는 그대를 그리워해서 이렇게 함께 따라왔지요. 시가(志賀)의 해변가를이라는 내용이다.

좌주 위의 1수는 大監 오호토모노 스쿠네 모모요(大伴宿禰百代)

567 周防在 磐國山乎 將超日者 手向好爲与 荒其道

周防なる[1] 磐國山[2]を 越えむ日は 手向よくせよ 荒しその道

すはなる いはくにやまを こえむひは たむけよくせよ あらしそのみち

左注 右一首，少典[3]山口忌寸若麻呂

以前天平二年庚午夏六月，帥大伴卿，忽生瘡脚，疾苦枕席．因此馳驛上奏，望請，庶弟稻公姪胡麿，[4]欲語遺言者，勅右兵庫助大伴宿祢稻公，治部少丞大伴宿祢胡麿兩人，給驛發遣令省卿病．而逕數旬，幸得平復．于時稻公等，以病既療發府[5]上京．於是大監大伴宿祢百代，少典山口忌寸若麿，及卿男家持等，相送驛使，共到夷守驛[6]家，聊飮[7]悲別，乃作此謌．

---

1 **周防なる**: 당시에는 '스하우'라고 하지 않았던 듯하다.
2 **磐國山**: 山口縣 岩國市.
3 **少典**: 四等官의 下位. 문서 담당. 正八位上相當.
4 **姪胡麿**: 安麿의 동생 宿奈麿의 아들인가. 당시에 姪은 姪, 甥구분 없이 남녀에 다 사용하였다.
5 **發府**: 府는 大宰府.
6 **夷守驛**: 소재 불명. 筵内(무시로우치)와 博多의 중간. 福岡縣 粕屋郡 粕屋町 阿惠(아에)의 日守八幡 지역인가.
7 **聊飮**: 주연을 베풂. 餞別宴.

567 스하(周防)에 있는/ 이하쿠니(岩國)산 고개/ 넘는 날에는/ 공물 잘 바치세요/ 험난해요 그 산길

해설

스하(周防)에 있는 이하(岩)국의 산을 넘는 날에는 그 고개를 지키는 신에게 공물을 잘 바쳐서 여행의 안전을 빌기 바랍니다. 그 길이 무척 험하니까요라는 내용이다.

좌주 위의 1수는 少典 야마구치노 이미키 와카마로(山口忌寸若麻呂)

지난 天平 2년 庚午(730년) 여름 6월, 大宰帥 오호토모노 타비비토(大伴旅人)경은 갑자기 다리에 종기가 생겨서 병상에서 고통스러워하고 있었다. 그래서 驛使를 보내어 조정에 말하기를, 卿의 庶弟인 이나키미(稻公)와 조카 코마로(胡麿)에게 유언을 하고 싶다고 하자 (조정은) 右兵庫助 오호토모노 스쿠네 이나키미(大伴宿祢稻公)와 治部少丞 오호토모노 스쿠네 코마로(大伴宿祢胡麿) 두 사람에게 명령을 내리고, 역마를 주어서 출발하게 하여 旅人卿을 돌보게 하였다. 그런데 수십 일이 지나 다행히 병이 나았다. 그래서 이나키미(稻公) 등은 旅人卿의 병이 이미 나았으므로 大宰府를 출발해서 상경했다. 이에 大監 오호토모노 스쿠네 모모요(大伴宿祢百代) 少典 야마구치노 이미키 와카마로(山口忌寸若麿), 그리고 旅人卿의 아들 야카모치(家持) 등이 驛使를 보내고 함께 히나모리(夷守)의 역에 도착하여 전별의 주연을 베풀고 이별을 슬퍼하며 이 노래를 지었다.

大宰帥大伴卿被任大納言臨入京之時府官人等餞卿筑前國蘆城驛家謌四首

568 三埼廻之 荒礒尒縁 五百重浪 立毛居毛 我念流吉美

み崎廻の 荒礒に寄する 五百重波 立ちても[1]居ても わが思へる君

みさきみの ありそによする いほへなみ たちてもゐても わがもへるきみ

左注 右一首, 筑前掾門部連石足

569 辛[2]人之 衣染云 紫[3]之 情尒染而 所念鴨

韓人の 衣染むとふ 紫の 情に染みて 思ほゆるかも

からひとの ころもそむとふ むらさきの こころにしみて おもほゆるかも

1 **五百重波 立ちても**: 파도가 일어나듯이 일어서도. 파도가 '立つ(타츠 : 일어나다)'에서 '일어서다(立つ)'를 연상.

2 **辛**: 중국도, 한국도 말함. 작자는 백제계 도래인 2세.

3 **紫**: 외국에서 들어온 염색법에 의해 특히 原草를 재배했다. 당시 타비비토(旅人)는 正三位. 三位 이상의 예복의 색이 옅은 보라색이었다.

大宰帥 오호토모(大伴)경이 大納言에 임명되어 상경하려고 했을 때 (天平 2년 12월) 大宰府의 官人들이 경을 츠쿠시노 미치노쿠치(筑前)국의 아시키(蘆城)의 驛家에서 전별연을 베풀었을 때의 노래 4수

568 곶의 주변의/ 거친 바위에 치는/ 겹겹 파돈 양/ 섰으나 앉았으나/ 내가 그리는 그대

해설

곶 주변의 거친 바위에 끝임없이 겹겹이 밀려와 치는 파도처럼 앉았으나 섰으나 끊임없이 계속 내가 그리워하는 그대여라는 내용이다.

오호토모(大伴)경은 오호토모노 타비비토(大伴旅人)이다.

全集 · 私注에서는 좌주의 '石足'을 '이소타리'로 읽었다.

좌주 위의 1수는 치크젠(筑前)의 掾 카도베노 므라지 이하타리(門部連石足)

569 백제 사람이/ 옷 염색한다 하는/ 지치꽃처럼/ 마음에 스며들어/ 생각이 되는구려

해설

백제 사람이 옷을 염색하는데 사용한다고 하는 지치꽃이 옷감에 스며들어 물을 들이듯이 그대는 내 마음에 스며들어 계속 생각이 나서 잊을 수가 없네요라는 내용이다.

570 山跡邊 君之立日乃 近付者 野立鹿毛 動而曾鳴

大和へに 君が立つ日の 近づけば 野に立つ鹿も 響みてそ鳴く[1]

やまとへに きみがたつひの ちかづけば のにたつしかも とよみてそなく

左注 右二首, 大典[2]麻田連陽春

571 月夜[3]吉 河音清之 率此間 行毛不去毛 遊而將歸[4]

月夜よし 河音清けし いざここに 行くも去かぬも 遊びて歸かむ

つくよよし かはとさやけし いざここに ゆくもゆかぬも あそびてゆかむ

左注 右一首, 防人佑大伴四綱

---

1 **響みてそ鳴く**: 소리를 울리면서 울다.
2 **大典**: 四等官의 上位. 문서 담당. 正七位上에 상당하였다.
3 **月夜**: 달이 있는 밤·달 두 가지 뜻이 있다.
4 **行毛不去毛 遊而將歸**: '가다'를 '行·去·歸'로 달리 사용하였다.

570 야마토(大和) 향해/ 그대 떠나는 날이/ 가까워지니/ 들에 섰는 사슴도/ 소리를 내어 우네

해설

야마토(大和)를 향해서 그대가 떠나는 날이 가까워져오니 들에 서 있는 사슴도 이별을 슬퍼하여 소리를 내어서 우네요라는 내용이다.

좌주 위의 2수는 大典 아사다노 므라지 야스(麻田連陽春)

571 달이 밝은 밤/ 냇물 소리도 맑네/ 자아 여기서/ 떠날 자 남는 자 다/ 맘껏 놀다 갑시다

해설

달이 밝은 밤에 냇물 소리도 맑네요. 자아 여기서 귀경할 사람도 이곳에 남아 있을 사람도 다 마음껏 놀다가 갑시다라는 내용이다.

좌주 위의 1수는 防人佑 오호토모노 요츠나(大伴四綱)

大宰帥大伴卿上京之後 沙弥滿誓贈卿謌[1]二首

572 眞十鏡 見不飽君尒 所贈哉 旦夕尒 左備乍將居

まそ鏡 見飽かぬ君に 後れて[2]や 朝夕に さびつつ居らむ

まそかがみ みあかぬきみに おくれてや あしたゆふへに さびつつをらむ

573 野干玉之 黑髮變 白髮手裳 痛戀庭 相時有來

ぬばたまの 黑髮變り 白髮ても[3] 痛き戀[4]には 逢ふ時ありけり

ぬばたまの くろかみかはり しらけても いたきこひには あふときありけり

---

1 **贈卿謌**: 편지로 보낸 노래.
2 **後れて**: 뒤에 남는 것에 중점이 있다. 그 당시 만제이(滿誓)는 츠쿠시(筑紫)에 만 7년 가까이 있었다.
3 **黑髮變り 白髮ても**: 남녀의 사랑으로 가정한 표현이다.
4 **痛き戀**: 타비비토(旅人)를 사모한 것이다.

大宰帥 오호토모(大伴)경이 상경한 후에 사미 만제이(滿誓)가 경에게 보낸 노래 2수

572 (마소카가미)/ 늘 보고픈 그대의/ 뒤에 남아서/ 아침과 저녁으로/ 난 쓸쓸히 지내네

해설

거울을 보듯이 늘 보고 싶은 그대가 떠나가고 난 후에 그대 뒤에 남아서 아침 저녁으로 나는 쓸쓸히 지내고 있다오라는 내용이다.

오호토모(大伴)경은 오호토모노 타비비토(大伴旅人)이다.

573 (누바타마노)/ 새까맣던 머리가/ 희게 되어도/ 사무치는 사랑을/ 하게 될 때 있는군요

해설

칠흑 밤같이 새까맣던 머리가 희게 세어 나이가 들어도 이렇게 사무치는 사랑을 하게 될 때도 있는군요라는 내용이다.

大納言大伴卿和謌[1]二首

574 此間在而 筑紫也何處 白雲乃 棚引山之 方西有良思

ここにありて 筑紫や何處 白雲の たなびく山[2]の 方にしあるらし

ここにありて つくしやいづち しらくもの たなびくやまの かたにしあるらし

575 草香江之 入江二求食 蘆鶴乃 痛多豆多頭思 友無二指天

草香江[3]の 入江に求食る 蘆鶴の あなたづたづし 友[4]無しにして

くさかえの いりえにあさる あしたづの あなたづたづし ともなしにして

---

1 **和謌**: 답신에 적은 노래.

2 **白雲の たなびく山**: 중국의 고사. 白雲謠를 바탕으로 한 표현으로 먼 곳을 말한다. 유사한 작품에 287번가가 있다.

3 **草香江**: 東大阪市 日下町.

4 **友**: 간접적으로 만제이(滿誓)를 가리킨다.

大納言 오호토모(大伴)경이 사미 만제이(滿誓)에게 답한 작품

574 도읍에 있으면/ 츠쿠시(筑紫) 어느 방향/ 저 흰 구름이/ 걸리어 있는 산의/ 저쪽 편인 것 같으네

해설

내가 있는, 도읍인 나라(奈良) 이곳에서 보면, 그대 만제이(滿誓)가 있는 츠쿠시(筑紫)는 어느 방향일까요? 아마도 저 흰 구름이 걸리어 있는 산의 저쪽 편인 것 같으네요라는 내용이다.

오호토모(大伴)경은 오호토모노 타비비토(大伴旅人)이다.

575 쿠사카 강의/ 어귀서 먹이 찾는/ 갈 곁 학같이 /아아 쓸쓸함이여/ 친구 멀리 있으니

해설

쿠사카 강의 어귀에 있는 갈대밭 옆에서 먹이를 찾고 있는 학처럼, 아아 쓸쓸하구나. 친애하는 친구가 멀리 있으니라는 내용이다.

大宰帥大伴卿上京之後 筑後守葛井連大成 悲嘆作謌一首

576 従今者 城山[1]道者 不樂牟 吾將通常 念之物乎

今よりは 城の山道は 不樂しけむ わが通はむと 思ひしものを

いまよりは きのやまみちは さぶしけむ わがかよはむと おもひしものを

大納言大伴卿 新袍[2]贈攝津大夫高安王謌一首

577 吾衣 人莫着曾 網引爲 難波壯士乃 手尒者雖觸

わが衣 人にな着せそ[3] 網引する 難波壯士の 手には觸るとも[4]

わがころも ひとになきせそ あびきする なにはをとこの てにはふるとも

1 **城山**: 基山. 佐賀縣 三養基(미야키)郡 基山町. 筑後의 國府(久留米市)에서 넘어서 大宰府에 도착한다.
2 **袍**: 신하가 입는 束帶의 上衣. 지위에 따라 색이 다르며 새로운 袍라고 하므로 이때 王으로 승진하였다고 생각된다.
3 **わが衣 人にな着せそ**: 옷을 주는 것은, 남녀는 연인 사이에 그렇게 하는데 그 나름의 친애의 정이 있다. 그러므로 다른 사람에게는 입히지 말라는 뜻.
4 **難波壯士の 手には觸るとも**: 비록 아무리 소홀히 취급되더라도라는 뜻. 다름 아닌 당신에 대한 친애라고 하는 마음이다.

大宰帥 오호토모(大伴)경이 상경한 후에 筑後守 후지이노 므라지 오호나리(葛井連大成)가 슬퍼하여 지은 노래 1수

576 이제부터는/ 키(城)산을 넘는 길도/ 쓸쓸하겠지/ 늘 즐겁게 다니려/ 생각을 했었는데

해설

이제부터는 키(城)산을 넘어가는 길도 쓸쓸하겠지. 내가 늘 즐겁게 다니려 생각을 했었는데라는 내용이다.

치크고노카미(筑後守)였던 후지이노 므라지 오호나리(葛井連大成)는 산길을 통해서 大宰府에 다녔는데 타비비토(旅人)가 大宰府에 있을 때는 만나는 기쁨에 즐겁게 다녔지만, 旅人이 상경하고 나자 만날 수 없으므로 그 외로움을 노래한 것이다.

'키(城)의 산길은 福岡縣 筑紫郡과 佐賀縣 三養基郡과의 경계에 있는 基山이라고 한다.

오호토모(大伴)경은 오호토모노 타비비토(大伴旅人)이다.

大納言 오호토모(大伴)경이 새 조복을 세츠(攝津)의 大夫 타카야스노 오호키미(高安王)에게 보낸 노래 1수

577 내가 보낸 옷/ 남에겐 입히지마/ 그물을 끄는/ 나니하(難波) 남정들의/ 손에는 닿더라도

해설

내가 보낸 옷을 다른 사람에게는 입히지 마세요. 비록 그물을 끄는 나니하(難波) 남정들의 손에는 닿더라도라는 내용이다. 친애하는 마음을 남녀 사이의 관계처럼 표현을 하였다.

오호토모(大伴)경은 오호토모노 타비비토(大伴旅人)이다.

大伴宿祢三依悲別[1]謌一首

578 天地与 共久 住波牟等 念而有師 家之庭羽裳

天地と 共に久しく 住まはむと 思ひてありし 家の庭はも[2]

あめつちと ともにひさしく すまはむと おもひてありし いへのにははも

余明軍與大伴宿祢家持歌二首 [明軍者大納言卿之資人也]

579 奉見而 未時太尒 不更者 如年月 所念君

見奉りて[3] いまだ時だに 更らねば 年月のごと[4] 思ほゆる君

みまつりて いまだときだに かはらねば としつきのごと おもほゆるきみ

1 **悲別**: 누구와의 이별인지 명확하지 않다. 내용이 만가에 가깝고, 미요리(三依)가 전송한 '悲別'의 노래로 알려져 있었던 것인가.

2 '家'는 다른 사람의 집이라도 좋지만, 적어도 '사는' 실감이 나지 않으면 안된다. 舍人에게 있어서 주인의 집, 남자에게 있어서 여성의 집 등. 그러한 입장에 있는 사람의 작품인가. 이것을 타비비토(旅人)가 상경할 때 불렀다.

3 **見奉りて**: '見る'는 단순하게 보는 것이라기보다 계속 깊은 관계를 가지는 것이다.

4 **年月のごと**: 위의 '時'의 반대. 年月처럼 보고 싶다고 생각하였다.

오호토모노 스쿠네 미요리(大伴宿禰三依)가 이별을 슬퍼하는 노래 1수

578 하늘과 땅과/ 더불어 오랫동안/ 살아가려고/ 생각하고 있었던/ 집의 정원인 것을

해설

천지가 없어질 때까지 그렇게 영원히 오래도록 그대가 살아가려고 생각하고 있었던 집의 정원인데 그대는 떠나가고 없네요라는 내용이다.

타비비토(旅人)가 사망한 후에 旅人의 집을 보며 노래한 것으로 추정되고 있다.

요노묘오군(余明軍)이 오호토모노 스쿠네 야카모치(大伴宿禰家持)에게 보낸 노래 2수 [묘오군(明軍)은 大納言卿의 資人이다]

579 만나고 나서/ 아직도 조금밖에/ 안 지났는데/ 세월 많이 지난 듯/ 생각되는 그대여

해설

만나고 나서 얼마 지나지 않았는데도 마치 오랜 세월이 지난 듯 그립게 생각되는 그대여라는 내용이다.

요노묘오군(余明軍)은 도왜한 백제 왕족이다[이연숙, 『일본 고대 한인작가 연구』 (박이정, 2003, p.119)].

580 足引乃 山尓生有 菅根乃 懃見巻 欲君可聞

あしひきの 山に生ひたる 菅の根の ねもころ見まく 欲しき君かも

あしひきの やまにおひたる すがのねの ねもころみまく ほしききみかも

大伴坂上家之大娘報贈大伴宿祢家持謌四首

581 生而有者 見巻毛不知 何如毛 將死与妹常 夢所見鶴

生きてあらば 見まくも知らず 何しかも 死なむよ妹と 夢に見えつる[1]

いきてあらば みまくもしらず なにしかも しなむよいもと いめにみえつる

1 **夢に見えつる**: 당시에 꿈은 생각하는 사람의 작용에 의해 나타났다.

580 (아시히키노)/ 산에 자라나 있는/ 골풀 뿌린 듯/ 마음을 다하여서/ 받들고 싶은 그대

해설

산에 자라나 있는 골풀의 뿌리처럼 마음을 다하여서 계속 받들고 싶은 그대입니다라는 내용이다.
골풀 뿌리가 나온 것은 '네모코로(ねもころ)'의 'ね'와, 굴풀 뿌리의 뿌리 'ね'의 소리가 같으므로 연결된 것이다.

오호토모노 사카노우헤(大伴坂上)가의 큰 딸이 오호토모노 스쿠네 야카모치(大伴宿禰家持)에게 답하여 보낸 노래 4수

581 살아서 있다면/ 만날 수도 있겠죠/ 그런데 어찌/ 죽겠소 그대라며/ 꿈에 보였답니다

해설

만약 살아 있다면 다시 만날 수도 있겠지요. 그런데 어찌하여 "죽겠소. 그대여"라고 하며 그대가 꿈에 보인 것인가요라는 내용이다.

582 大夫毛 如此戀家流乎 幼婦之 戀情尒 比有目八方

大夫も かく[1]戀ひけるを 手弱女の 戀ふる情に 比ひあらめやも[2]

ますらをも かくこひけるを たわやめの こふるこころに たぐひあらめやも

583 月草之 徙安久 念可母 我念人之 事毛告不來

つき草[3]の 移ろひやすく 思へかも わが思ふ人の 言も[4]告げ來ぬ

つきくさの うつろひやすく おもへかも わがおもふひとの こともつげこぬ

584 春日山 朝立雲之 不居日無 見巻之欲寸 君毛有鴨

春日山 朝立つ雲の ゐぬ日無く 見まくのほしき 君にもあるかも

かすがやま あさたつくもの ゐぬひなく みまくのほしき きみにもあるかも

---

1 **かく**: 앞의 작품의 내용을 말한다.
2 **比ひあらめやも**: 강한 부정을 내포한 의문이다.
3 **つき草**: 닭의 장풀. 염색이 옅어지기 쉽다.
4 **言も**: 만나러 오기는커녕.

582 대장부라도/ 이리 사랑하는 걸/ 연약한 여자/ 사랑하는 마음에/ 비할 수가 있을까요

해설

당신은 훌륭한 대장부이지만 꿈에 나타날 정도로 사랑한다고 하시네요. 그러나 연약한 여자인 나의 사랑의 고통에 비할 바가 아니겠지요라는 내용이다.

자신이 훨씬 더 사랑의 고통을 당하고 있다는 뜻이다.

583 (츠키쿠사노)/ 변하기 아주 쉽게/ 생각한 걸까/ 내가 생각는 사람의/ 소식도 오지 않네

해설

닭장풀꽃 염색이 쉽게 변하듯이 당신께서는 변하기 쉽게 생각한 것인가요. 내가 생각하는 당신이 오시지도 않고 전해주는 소식도 없네요라는 내용이다.

584 카스가(春日) 산에/ 아침에 끼는 구름/ 없는 날이 없듯이/ 언제나 보고 싶은/ 그대인 것이랍니다

해설

카스가(春日) 산에 아침에 끼는 구름이 끊어질 날이 없이 매일 구름이 끼듯이 그렇게 매일 보고 싶어만지는 그대랍니다라는 내용이다.

大伴坂上郎女謌一首

585 出而將去 時之波將有乎 故 妻戀爲乍 立而可去哉

出でて去なむ 時[1]しはあらむを 故に 妻戀しつつ 立ちて去ぬべしや[2]

いでていなむ ときしはあらむを ことさらに つまごひしつつ たちていぬべしや

大伴宿祢稻公贈田村大孃[3]謌一首 [大伴宿奈麿卿之女也]

586 不相見者 不戀有益乎 妹乎見而 本名如此耳 戀者奈何將爲

相見ずは 戀ひざらましを 妹[4]を見て もとなかくのみ 戀ふるは[5]いかにせむ

あひみずは　こひざらましを　いもをみて　もとなかくのみ　こふるはいかにせむ

左注 右一首， 姉坂上郎女作

---

1 **出でて去なむ 時**: 좋은 때.
2 막연하게 언제라도 부를 수 있을 것 같은 것은, 붙잡아 두기 위해 지은 노래이기 때문. 사실 애송되었을 것이다. 간략한 제목은 그렇게 생각하게 한다.
3 **田村大孃**: 坂上郎女에게는 전처의 자식이다.
4 **妹**: 이나키미(稻公)의 누나. 친남매간이라 생각된다. 대신 지은 것이다.
5 **かくのみ 戀ふるは**: 앞에서 '相見ず'를 가정하고 있으므로, 보고 그리워하고 있는 것을 '戀ヒバ'로 가정하고 읽는 것을 피하고 싶다.

오호토모노 사카노우헤노 이라츠메(大伴坂上郎女)의 노래 1수

585 집을 떠나서 가는/ 때는 언제나 있는 걸/ 애써 일부러/ 부인 생각하면서/ 떠나도 좋은 겁니까

해설

떠나갈 수 있는 적당한 때는 언제나 있는 것인데, 새삼스럽게 일부러 본처 생각을 하면서 돌아가셔도 좋은 것입니까라는 내용이다.

이 작품에 대해서 작자 자신의 일이 아니라, 아내와 헤어지기 힘들어하고 있는 야카모치(家持) 등에게 보낸 것일까 하는 설도 있다[『萬葉集私注』 2, p.356].

오호토모노 스쿠네 이나키미(大伴宿禰稻公)가 타무라노 오호오토메(田村大孃)에게 보낸 노래 1수 [오호토모노 스쿠나마로(大伴宿奈麿)경의 딸이다]

586 안 만났다면/ 그립지 않았을 걸/ 그대 만난 후/ 이렇게 공연하게/ 그리우니 어쩜 좋은가

해설

차라리 만나지 않았더라면 이렇게 그리워 하지 않아도 되었을 것을. 그대를 만나고 나서는 이렇게 공연하게 그리우니 어떻게 하면 좋은가요라는 내용이다.

오호토모노 스쿠네 이나키미(大伴宿禰稻公)가 사카노우헤노 이라츠메(坂上郎女)를 대신하여 지은 것이다.

좌주 위의 1수는 자매 사카노우헤노 이라츠메(坂上郎女)가 지은 것이다.

笠女郎贈大伴宿祢家持謌廿四首

587 吾形見 々管之努波世 荒珠 年之緒長 吾毛將思

わが形見[1] 見つつ思はせ あらたまの 年の緒長く われも思はむ

わがかたみ みつつしのはせ あらたまの としのをながく われもしのはむ

588 白鳥能 飛羽山松之 待乍曾 吾戀度 此月比乎

白鳥の[2] 飛羽山[3]松[4]の 待ちつつそ わが戀ひわたる この月ごろを

しらとりの とばやままつの まちつつそ あがこひわたる このつきごろを

589 衣手乎 打廻乃里尒 有吾乎 不知曾人者 待跡不來家留

衣手を 打廻の里に あるわれを 知らにそ人は 待てど來ずける

ころもでを うちみのさとに あるわれを しらにそひとは まてどこずける

---

1 **形見**: 죽은 사람이 아니라도 '잔영·그림자'라고 한다. 모습을 보는 것.
2 **白鳥の**: 새가 '나는(飛ぶ : 토부)'의 발음이, 산 이름 '飛羽(토바)'와 같으므로 연결된 것.
3 **飛羽山**: 소재 불명.
4 **松**: 뒤의 '마츠(待)'와 발음이 같으므로 연결되었다.

카사노 이라츠메(笠女郎)가 오호토모노 스쿠네 야카모치(大伴宿禰家持)에게 보낸 노래 24수

587 나의 정표를/ 보며 생각해줘요/ (아라타마노)/ 오랜 세월 동안을/ 나도 생각하지요

해설

그대도 나의 정표을 보면서 나를 생각해 주세요. 나도 오랜 세월 동안 그대를 생각하지요라는 내용이다.

588 (시라토리노)/ 토바(飛羽)산의 솔(松)처럼/ 기다리면서/ 나는 생각했지요/ 요 근래 몇 달 동안

해설

흰 새가 난다는 뜻인 토바(飛羽)산의 소나무처럼 그대를 기다리면서 나는 생각했지요. 요 근래 몇 달 동안이라는 내용이다.

소나무를 말한 것은 '소나무'와 '기다리다'가 모두 마츠(まつ)로 발음이 같기 때문이다.

589 (코로모데오)/ 우치미(打廻)의 마을에/ 있는 내 마음/ 모르고서 당신은/ 기다려도 오잖네

해설

그대를 사랑하면서, 나라(奈良)에서 조금 떨어진 우치미(打廻)의 마을에 있는 나의 마음을 모르는지 그대는 기다려도 오지를 않네요라는 내용이다.

全集에서는 나를 잊어버렸으므로 당신은 기다려도 오지 않는 것이군요라고 해석하였다.

590 荒玉 年之經去者 今師波登 勤与吾背子 吾名告爲莫

あらたまの 年の經ぬれば 今しはと 勤よ[1]わが背子 わが名告らすな

あらたまの としのへぬれば いましはと ゆめよわがせこ わがなのらすな

591 吾念乎 人尒令知哉 玉匣 開阿氣津跡 夢西所見

わが思を 人に知るれや 玉匣 開き明けつ[2]と 夢にし見ゆる

わがおもひを ひとにしるれや たまくしげ ひらきあけつと いめにしみゆる

592 闇夜尒 鳴奈流鶴之 外耳 聞乍可將有 相跡羽奈之尒

闇の夜に 鳴くなる[3]鶴[4]の 外のみに 聞きつつかあらむ 逢ふとはなしに

やみのよに なくなるたづの よそのみに ききつつかあらむ あふとはなしに

1 **勤よ**: 결코. 부정과 호응.
2 **明けつ**: 덮였던 것이 열렸다는 뜻으로 사랑하는 사실이 세상에 알려졌다는 것을 나타내는 꿈이다.
3 **鳴くなる**: 이른바 傳聞.
4 **鶴**: 직접 모습이 보이지 않는 것에서 '外'에 연결되었다.

590 (아라타마의)/ 해도 지나갔으니/ 이젠 됐다고/ 절대로 그대는요/ 내 이름 말 마세요

해설

이제 해도 바뀌고 하여 세월이 지났으니 괜찮겠지 하고 생각을 해서 내 이름을 말하는 일이 없도록 하세요. 절대로 말해서는 안됩니다. 그대여 내 이름 말하지 마세요라는 내용이다.

591 나의 생각이요/ 남에게 알려졌나/ 빗 상자 뚜껑/ 열려버렸다 하는/ 꿈을 꾸었답니다

해설

나의 생각이 남에게 알렸졌던 것인가. 그런 적이 없는데도 빗 상자의 뚜껑이 열려버렸다고 하는 꿈을 꾸었답니다라는 내용이다.

빗 상자의 뚜껑이 열렸다고 하는 것은 두 사람의 비밀스런 관계가 사람들에게 드러났다고 하는 것을 나타내는 징조로 여겨졌던 듯하다.

592 어두운 밤에/ 울고 있는 학처럼/ 멀리에서만/ 듣고 있어야 하나요/ 만나지는 못하고

해설

모습도 보이지 않고 어두운 밤에 울고 있는 학처럼 멀리에서만 당신의 소식을 듣고 있어야만 하나요. 직접 만나지는 못하고라는 내용이다.

593 君尒戀 痛毛爲便無見 楢山之 小松下尒 立嘆鴨

君に戀ひ 甚も術なみ[1] 平山の 小松[2]が下に 立ち嘆くかも

きみにこひ いたもすべなみ ならやまの こまつがしたに たちなげくかも

594 吾屋戸之 暮陰草乃 白露之 消蟹本名 所念鴨

わが屋戸の 夕影草[3]の 白露の 消ぬがにもとな 思ほゆるかも

わがやどの ゆふかげくさの しらつゆの けぬがにもとな おもほゆるかも

595 吾命之 將全牟限 忘目八 弥日異者 念益十方

わが命の 全けむかぎり 忘れめや いや日に異[4]には 思ひ益すとも

わがいのちの またけむかぎり わすれめや いやひにけには おもひますとも

---

1 術なみ: 방법이 없으므로.
2 小松: 특별한 의미는 없다. '下に立ち'는 몸을 맡기고의 뜻이다.
3 夕影草: 저녁 햇살을 받는 풀.
4 日に異: 날로날로.

593 그대 그리워/ 어찌할 바 몰라서/ 나라(奈良)의 산의/ 작은 소나무 밑에/ 서서 탄식합니다

해설

그대가 그리워서 어찌할 바를 모르겠기에 나라(奈良) 산의 작은 소나무 밑에 서서는 탄식합니다라는 내용이다.

594 우리 집 뜰의/ 석양 속의 풀 위의/ 흰 이슬같이/ 사라져 버릴 듯이/ 마음 슬쓸하네요

해설

해질녘 무렵에 우리 집 뜰에 나 있는 풀 위에 맺혀 있는 흰 이슬이 곧 사라지듯이 그렇게 마음도 꺼져서 사라져 버릴듯한 쓸쓸한 생각이 드는군요라는 내용이다.

'夕蔭'의 '蔭'는 고대 일본에서는 '빛'의 의미로도 사용되었다.

595 나의 이 목숨이/ 계속되는 한에는/ 잊을 수 없네/ 날마다 더욱 더욱/ 생각 더할지언정

해설

내 목숨이 계속되는 동안에는 그대를 잊을 수가 없네요. 오히려 날마다 더욱 더욱 생각이 더 날지언정이라는 내용이다.

596 八百日往 濱之沙毛 吾戀二 豈不益歟 奥嶋守

八百日行く 浜の沙も わが戀に あに益らじか 沖つ島守[1]

やほかゆく はまのまなごも わがこひに あにまさらじか おきつしまもり

597 宇都蟬之 人目乎繁見 石走 間近君尒 戀度可聞

うつせみの 人目を繁み 石橋[2]の 間近き君に 戀ひわたるかも

うつせみの ひとめをしげみ いしばしの まぢかききみに こひわたるかも

598 戀尒毛曾 人者死爲 水無瀬河 下從吾痩 月日異

戀にもそ 人は死にする 水無瀬河 下[3]ゆわれ痩す 月に日に異に

こひにもそ ひとはしにする みなせがは したゆわれやす つきにひにけに

---

1 **島守**: 오키츠(沖) 섬을 지키는 사람. 家持에 대한 야유인가.
2 **石橋**: 여울의 돌을 건너는 것이므로 가까운 거리.
3 **水無瀬河 下**: 물이 보이지 않는 개천은 아래를 물이 흘러간다.

596 며칠 갈 정도/ 긴 해변 모래알도/ 나의 사랑엔/ 미치지 못하겠죠/ 오키츠(沖) 섬지기여

해설

며칠이나 가야하는 긴 해변의 모래알의 숫자도, 그지없는 나의 사랑보다 더 하지는 못하겠지. 그렇지요? 오키츠(沖) 섬을 지키는 사람이여라는 내용이다.

오키츠(沖) 섬지기에게 묻는 형식으로 되어 있다. '八百日'은 꼭 800일이 아니라 매우 긴이라는 의미이다. 일본에서 숫자 '8'은 聖數, 완전의 숫자이다.

597 허망한 세상/ 사람 눈이 많아서/ (이시바시노)/ 가까이 있으면서/ 그리워만 합니다

해설

덧없는 이 세상의 일이다 보니 사람들의 눈이 많으므로 소문을 꺼려서, 돌다리처럼 아주 가까이에 있는 그대인데도 직접 만나지 못하고 이렇게 그리워만 하고 있답니다라는 내용이다.

598 사랑 때문에/ 사람은 죽는 거죠/ 남들 모르게/ 이 몸 야위어 가네/ 달과 날 지날수록

해설

사랑 때문에야말로 사람은 죽는답니다. 물 없는 개천은 물이 없는 듯이 보이지만 그 아래로 물이 흐르고 있는 것처럼 겉으로 표나게 드러나지는 않지만 남들 모르게 이 몸은 사랑의 고통에 야위어 갑니다. 날이 가고 달이 지날수록이라는 내용이다.

599 朝霧之 鬱相見之 人故尒 命可死 戀渡鴨

朝霧の おほに相見し 人ゆゑに 命死ぬべく 戀ひわたるかも

あさぎりの　おほにあひみし　ひとゆゑに　いのちしぬべく　こひわたるかも

600 伊勢海之 礒毛動尒 因流浪 恐人尒 戀渡鴨

伊勢の海の 礒もとどろに 寄する波 恐き人[1]に 戀ひわたるかも

いせのうみの いそもとどろに よするなみ かしこきひとに こひわたるかも

601 從情毛 吾者不念寸 山河毛 隔莫國 如是戀常羽

情ゆも 吾は思はざりき 山河も 隔たらなくに かく戀ひむとは

こころゆも あはもはざりき　やまかはも へだたらなくに かくこひむとは

---

1 恐き人 : 신분, 집안 등이 아니라 심정을 말한 것이다. 외경하여야 할 사람.

599 아침 안갠 양/ 어렴풋이 서로 본/ 사람인데도/ 숨이 끊어질 정도/ 계속 그리웁네요

해설

아침 안개처럼 그렇게 어렴풋이 서로 본 사람인데도 마치 숨이 끊어질 정도로 계속 그 사람이 그립네요라는 내용이다.

600 이세(伊勢)의 바다의/ 바위 울릴 정도로/ 치는 파돈 양/ 경외하는 사람을/ 계속 사랑하네요

해설

이세(伊勢) 바다에 있는 바위에 소리가 울릴 정도로 심하게 치는 파도와 같이 가까이 하기 힘든 아주 경외하는 두려운 사람을 계속 사랑하는 것일까요라는 내용이다.

601 마음으로도/ 나는 생각 안했죠/ 산이나 강도/ 가로막지 않는데/ 이렇게 그리울 줄

해설

산이나 강이나 가로막고 있는 것이 없는데도 이렇게 당신이 그리울 줄은 마음속으로도 생각한 적이 없는데 이렇게 그립다니요라는 내용이다.

602 暮去者 物念益 見之人乃 言問爲形 面景爲而

夕されば もの思ひ益る 見し[1]人の 言問ふ姿 面影[2]にして

ゆふされば ものもひまさる みしひとの こととふすがた おもかげにして

603 念西 死爲物介 有麻世波 千遍曾吾者 死變益

思ふにし 死するものに あらませば 千遍そわれは 死に返らまし[3]

おもふにし しにするものに あらませば ちたびそわれは しにかへらまし

604 劒大刀 身介取副常 夢見津 何如之恠 曾毛 君介相爲

劍太刀[4] 身に取り副ふと 夢に見つ 何如なる 恠そも 君に相はせむ[5]

つるぎたち みにとりそふと いめにみつ いかなるけそも きみにあはせむ

1 **見し**: 마음을 서로 줌.
2 **面影**: '影'은 원래 빛. 명료한 영상은 아니다.
3 **死に返らまし**: 그 정도로 그리움에 괴로워하고 있다는 뜻이다.
4 **劍太刀**: 劍과 太刀는 원래 다른 물건이지만 여기에서는 칼을 말한다. 꿈에서는 남성의 상징이다.
5 해몽을 하고 있다. 해몽이 좋지 않으면 재앙이 생긴다고 본다. 뿐만 아니라 지금은 잠자리를 함께 할 수 없는 절망적인 상태이므로 간접적으로 구애하는 노래이기도 하다.

602 저녁이 되면/ 생각이 많아지네/ 만났던 님의/ 말을 하던 모습이/ 눈앞에 어른거려

해설

저녁이 되면 그대 생각이 더욱 많이 나네요. 그대와 만났을 때 말을 하던 모습이 눈앞에 어른거려서요 라는 내용이다.

603 사랑 때문에/ 죽는 것이라는 것/ 정해졌다면/ 천 번이나 나는요/ 계속 죽었겠지요

해설

사람이 죽는 것이 생각 때문에, 즉 그리움 때문에 죽는 것이 확실하다면 나는 님에 대한 그리움이 사무칠 정도로 이렇게 크니 벌써 천 번도 더 죽었을 것이라는 내용이다.

604 매우 큰 칼을/ 내 몸에 차고 있는/ 꿈을 꾸었죠/ 꿈의 뜻이 뭘까요/ 해몽을 해봅시다

해설

매우 큰 칼을 내 몸에 차고 있는 꿈을 꾸었습니다. 이 꿈의 뜻이 무엇인지 해몽을 한번 해보자는 내용이다.

全集에서는 '매우 큰 칼을 몸에 차고 있는 꿈을 꾸었습니다. 무슨 징조일까요. 그대를 만나고 싶어하기 때문인가요'로, 注釋·私注에서는 '매우 큰 칼을 몸에 찼고 있는 꿈을 꾸었습니다. 무슨 징조일까요. 만나기 위한 것입니다'로 해석을 하였다.

605 天地之 神理 無者社 吾念君尓 不相死爲目

天地の 神の理 なくはこそ わが思ふ君に 逢はず死にせめ

あめつちの　かみのことわり　なくはこそ　あがおもふきみに　あはずしにせめ

606 吾毛念 人毛莫忘 多奈和丹 浦吹風之 止時無有

われも思ふ 人もな忘れ おほなわ[1]に 浦吹く風の 止む時なかれ[2]

われもおもふ　ひともなわすれ　おほなわに　うらふくかぜの　やむときなかれ

607 皆人乎 宿与殿金者 打奈礼杼 君乎之念者 寐不勝鴨

皆人を 寢よとの鐘は[3] 打つなれど 君をし思へば 寐ねかてぬかも

みなひとを ねよとのかねは うつなれど きみをしおもへば いねかてぬかも

---

1 **おほなわ**: 미상. 기상용어로 'ナワ(나와)'는 한자로 번역할 수 없었으므로 이 글자를 쓴 것일 것이다.
2 앞의 작품 다음, 주술적인 기원의 느낌이 있는 노래.
3 **皆人を 寢よとの鐘は**: 亥(오후 10시)시에 4번 종을 친다. 자는 시간이라고 생각되고 있었다.

605 하늘과 땅의/ 신의 도리라는 것/ 만약 없다면/ 내 사랑하는 그대/ 안 만나고도 죽죠

해설

천지신의 도리라는 것이 만약 없다면 내가 그리워하는 당신을 만나지 않고 죽지요라는 내용이다.
그래도 괜찮지만 신에게는 도리라는 것이 있으므로 이다지도 생각하는 당신을 만나지 않고 죽는다는 것은 생각할 수 없어요. 꼭 만날 수 있을 것이라는 뜻을 담은 노래이다.

606 저도 사랑해요/ 당신도 잊지 마오/ 오호나와의/ 포구의 바람처럼/ 그치는 때도 없이

해설

저도 당신을 생각하고 있답니다. 그러니 당신도 나를 잊지 말아 주세요. 오호나와 포구에 부는 바람처럼 그치는 때가 없이 늘 나의 생각을 해주세요라는 내용이다.

607 모든 사람을/ 자라고 치는 종은/ 울리지마는/ 그대를요 생각하면/ 잠이 들 수 없네요

해설

저녁에 잘 시간이 되었다고 알리면서 모든 사람에게 자라고 종은 울리지마는 그대를 생각하면 나는 잠이 들 수 없네요라는 내용이다.

608 不相念 人乎思者 大寺之 餓鬼之後尒 額衝如

相思はぬ 人を思ふは 大寺の 餓鬼の後に 額づくがごと

あひおもはぬ　ひとをおもふは　おほでらの　がきのしりへに　ぬかづくがごと

609 從情毛 我者不念寸 又更 吾故郷尒 將還來者

情ゆも 我は思はざりき[1] またさらに わが故鄕[2]に 還り來むとは

こころゆも　あはもはざりき　またさらに わがふるさとに かへりこむとは

610 近有者 雖不見在乎 弥遠 君之伊座者 有不勝自

近くあらば 見ずともあらむを いや遠く 君が座さば ありかつましじ

ちかくあらば　みずともあらむを　いやとほく　きみがいまさば　ありかつましじ

左注 右二首，相別後更來贈.

---

1 **情ゆも 我は思はざりき**: 601번가와 같음.
2 **わが故鄕**: 아스카(明日香) 고향(589번가의 打廻 마을)이라고도, 泊瀨笠 지역(374번가, 笠의 山)이라고도 볼 수 있다.

608 생각도 안 하는/ 사람 그리워함은/ 큰 절에 있는/ 아귀 뒤에다 대고/ 절하는 것과 같네

해설

나를 생각해주지도 않는 사람을 일방적으로 그리워하는 것은, 큰 절의 별 쓸모도 없는 아귀상에게, 더더구나 그 뒤에 꿇어 앉아 절하는 것과 같은 것입니다. 즉 아무 효과도 없다는 내용이다.

609 마음으로도/ 나는 생각 못했죠/ 이리 헛되이/ 다시 내 고향으로/ 돌아오게 될 줄은

해설

이리 헛되이 다시 내 고향 아스카(明日香)로 돌아오게 될 줄은 꿈에도 몰랐답니다라는 내용이다.

610 가까이 있으면/ 못 만나도 살겠지만/ 이리 더 멀리/ 그대 떠나신다면/ 살기 힘들겠지요

해설

가까이 있으면 언제라도 만날 수 있을 것 같아 만나지 않아도 참을 수가 있지만, 드디어 멀리 그대가 가신다면 외로움을 견딜 수가 없어서 살 수 없을 것 같아요라는 내용이다.

좌주 위의 2수는 서로 헤어진 후에 다시 보낸 것이다.

大伴宿祢家持和歌[1]二首

611 今更 妹尓將相八跡 念可聞 幾許吾胸 欝悒將有

今更に 妹に逢はめやと 思へかも ここだわが胸 いぶせくあるらむ[2]

いまさらに　いもにあはめやと　おもへかも　ここだわがむね　いぶせくあるらむ

612 中々者 默毛有益乎 何爲跡香 相見始兼 不遂尓

なかなかは[3] 默もあらましを 何すとか 相見そめけむ 遂げざらまくに

なかなかは　もだもあらましを　なにすとか　あひみそめけむ　とげざらまくに

---

1 609·610번가에 답한 노래.
2 **胸 いぶせくあるらむ**: 마음이 개운하지 않은 상태.
3 **なかなかは**: 오히려. '나카나카니(なかなかに)'라고 하는 것이 일반적이다. 'は'는 강조의 느낌이다.

오호토모노 스쿠네 야카모치(大伴宿禰家持)가 답한 노래 2수

611 이제 더 이상/ 그대를 못 만난다고/ 생각 해설까/ 이렇게 나의 가슴/ 무겁게 짓눌리네요

해설

다시 그대를 만날 수 있을까, 아마 더 이상 못 만날 것이라고 생각한 때문인지 나의 가슴이 아주 무겁게 짓눌리듯 막히네요라는 내용이다.

612 이럴 바에는/ 잠잠하게 있을 것을/ 무엇 때문에/ 보고 반하였을까/ 못 이룰 사랑인데

해설

못 이룰 사랑일 바에야 아무 말도 하지 않고, 아무것도 하지 않고 차라리 잠잠하게 가만히 있을 것을 그랬네. 무엇 때문에 서로 보고 반하여서 이렇게 사랑의 고통을 느껴야 하는가라는 내용이다.

山口女王贈大伴宿祢家持謌五首

613 物念跡 人尒不所見常 奈麻强尒 常念弊利 在曾金津流

物思ふと 人に見えじと なまじひに 常に思へり ありそかねつる

ものおもふと　ひとにみえじと　なまじひに　つねにおもへり　ありそかねつる

614 不相念 人乎也本名 白細之 袖漬左右二 哭耳四泣裳

相[1]思はぬ 人をやもとな 白栲の 袖ひづまでに ねのみし泣くも

あひおもはぬ　ひとをやもとな　しろたへの　そでひつまでに　ねのみしなくも

615 吾背子者 不相念跡裳 敷細乃 君之枕者 夢所見乞

わが背子は　相思はずとも 敷栲の 君が枕は 夢に見えこそ[2]

わがせこは　あひもはずとも しきたへの きみがまくらは いめにみえこそ

---

1 **相**: 이 경우는 서로.
2 **夢に見えこそ**: 소원.
생각하는 자가 꿈에 나타나므로, 님이 생각하지 않으면 나타날 리가 없다. 님이 없는 팔베개만의 꿈은 있을 수 없으므로 불가능한 바람이다.

야마구치노 오호키미(山口女王)가 오호토모노 스쿠네 야카모치(大伴宿禰家持)에게 보낸 노래 5수

613 생각을 하는 것/ 남이 눈치 못 채게/ 억지로라도/ 태연하려 하지만/ 또 생각하게 되네

해설

그리움 때문에 근심하는 것을 남에게 보이지 않으려고 억지로 태연한 척 했지만 또 생각하게 되어 버리네. 정말 참기 힘드네요라는 내용이다.

全集에서는 '근심하는 것처럼 남에게 보이지 않으려고 참고 억지로 평상시와 마찬가지인 것처럼 했지만 실제 속마음은 그리움 때문에 죽을 것 같았습니다'로 해석을 하였다. 이렇게 해석하면 남이 눈치 못 채도록 잘 참았다는 말이 된다.

614 사랑하지 않는/ 사람인데 헛되이/ (시로타헤노)/ 옷소매가 젖도록/ 울고 있는 것일까

해설

나를 사랑해주지 않는 사람인데도 쓸데없이 아주 새하얀 옷소매가 눈물에 다 젖도록 나는 울고 있는 것일까라는 내용이다.

615 당신 자신은/ 나를 안 만나줘도/ (시키타헤노)/ 잠잤던 베개라도/ 꿈에 보고 싶네요

해설

당신은 나를 만나주지 않더라도, 우리 두 사람이 함께 베고 잠을 잤던 베개만라도 꿈에 보고 싶네요라는 내용이다.

616 劍大刀 名惜雲 吾者無 君尓不相而 年之經去礼者

劍太刀 名の惜しけくも われは無し 君に逢はずて 年の經ぬれば

つるぎたち なのをしけくも われはなし きみにあはずて としのへぬれば

617 從蘆邊 滿來塩乃 弥益荷 念歟君之 忘金鶴

葦邊より 滿ち來る潮の いやましに 思へか君が 忘れかねつる

あしへより　みちくるしほの　いやましに　おもへかきみが　わすれかねつる

大神女郎贈大伴宿祢家持謌一首

618 狭夜中尓 友喚千鳥 物念跡 和備居時二 鳴乍本名

さ夜中に 友[1]呼ぶ千鳥 もの思ふと わびをる時に 鳴きつつもとな[2]

さよなかに　ともよぶちとり ものもふと わびをるときに なきつつもとな

---

1 **友**: 동료. 같은 무리. 여기서는 아내.
2 **鳴きつつもとな**: '모토나(もとな)'의 주어는 千鳥. 千鳥가 공연히 울고 있구나.

616 (츠루기타치)/ 이름 애석한 일도/ 나는 없다오/ 그대 못 만나고서/ 해가 지났으므로

해설

이름을 세워야 한다는 명예심을 애석해 하는 일도 나에게는 이제 없답니다. 그대를 만나지 못하고 해가 지났으므로 빨리 만나고 싶다는 마음 때문에라는 내용이다.

'劍太刀'는 이름을 수식하는 상투어이다.

617 갈밭 주위로/ 밀려드는 물처럼/ 점점 더욱더/ 생각한 때문일까/ 그대 잊기 힘드네

해설

갈밭 주위로 물이 밀려드는 것처럼 점점 더욱더 많이 그대를 생각한 때문일까. 그대를 잊기가 힘드네요라는 내용이다.

오호미와노 이라츠메(大神女郎)가 오호토모노 스쿠네 야카모치(大伴宿禰家持)에게 보낸 노래 1수

618 한밤중에요/ 짝을 부르는 새가/ 그리움으로/ 쓸쓸하게 있을 때/ 공연히 울고 있네

해설

내가 님에 대한 그리움으로 쓸쓸하게 있을 때, 한밤중에 짝을 부르는 새가 공연히 울고 있네라는 내용이다. 밤에 울고 있는 새에 작자의 감정을 이입하였다.

全集·私注·注釋·全注·大系에서는 '友'를 친구로 해석을 하였다.

오호미와노 이라츠메(大神女郎)는 傳未詳. 全注에서는 大神朝臣氏 집안의 여성일 것이라고 하였다.

大伴坂上郎女怨恨謌[1]一首幷短哥

619 押照 難波乃菅之 根毛許呂尒 君之聞四手 年深 長四云者 眞十鏡 磨師情乎 縱手師 其日之極 浪之共 靡珠藻乃 云々 意者不持 大船乃 憑有時丹 千磐破 神哉將離 空蟬乃 人歟禁良武 通爲 君毛不來座 玉梓之 使母不所見 成奴礼婆 痛毛爲便無三 夜干玉乃 夜者須我良尒 赤羅引 日母至闇 雖嘆 知師乎無三 雖念 田付乎白二 幼婦常 言雲知久 手小童之 哭耳泣管 俳徊 君之使乎 待八兼手六

押し照る 難波の菅の ねもころに 君が聞して[2] 年深く 長くし言へば まそ鏡 磨ぎし情[3]を許してし その日の極み 波のむた なびく玉藻の かにかくに[4] 心は持たず 大船の たのめる時に ちはやぶる 神や離くらむ うつせみの 人か禁ふらむ 通はしし 君も來まさず 玉梓の 使も見えず なりぬれば いたもすべ無み ぬばたまの 夜はすがらに 赤らひく 日も暮るるまで 嘆けども しるしを無み 思へども たづきを知らに 幼婦と 言はくも著く 手童の ねのみ泣きつつ たもとほり[5] 君が使を 待ちやかねてむ

おしてる なにはのすげの ねもころに きみがきこして としふかく ながくしいへば まそかがみ とぎしこころを ゆるしてし そのひのきはみ なみのむた なびくたまもの かにかくに こころはもたず おほふねの たのめるときに ちはやぶる かみやさくらむ うつせみの ひとかさふらむ かよはしし きみもきまさず たまづさの つかひもみえず なりぬれば いたもすべなみ ぬばたまの よるはすがらに あからひく ひもくるるまで なげけども しるしをなみ おもへども たづきをしらに たわやめと いはくもしるく たわらはの ねのみなきつつ たもとほり きみがつかひを まちやかねてむ

---

1 **怨恨謌**: 원한을 주제로 한 제목의 노래.
2 **聞して**: 말하다.
3 **鏡 磨ぎし情**: 鏡을 磨く(갈다)에서 갈아(磨く) 연단한 마음으로 연결된다.
4 **かにかくに**: 이렇게저렇게.
5 **たもとほり**: 방황하다.

오호토모노 사카노우헤노 이라츠메(大伴坂上郎女)가 원망하는 노래 1수와 短歌

619 (오시테루)/ 나니하(難波) 골풀처럼/ 친절하게도/ 그대가 말 걸어서/ 언제까지나/ 오래라고 하여서/ (마소카가미)/ 단단히 하였던 맘/ 허락하였던/ 그날 이후로부터/ 파도와 함께/ 흔들리는 해촌 양/ 이리저리로/ 흔들리는 맘 없이/ 큰 배와 같이/ 그대 의지한 때에/ 난폭한 신이/ 사이 갈라 논 걸까/ 헛된 세상의/ 사람이 방해했나/ 늘 다니시던/ 그대도 오지 않고/ (타마즈사노)/ 인편도 보이잖게/ 되었으므로/ 정말 어쩔 수 없어/ (누바타마노)/ 밤에는 밤중 내내/ (아카라히크)/ 해도 저물 때까지/ 탄식하여도/ 그 보람도 없고/ 생각하여도/ 방법이 없으므로/ 아녀자라고/ 하는 이름 그대로/ 어린애처럼/ 소리 내어 울면서/ 배회하면서/ 그대 보낸 인편을/ 기다리기 힘드네

해설

친절하게도 그대가 나에게 말을 걸어서는 나니하(難波)의 골풀 뿌리처럼 언제까지나 오랫동안 사랑하겠다고 하였으므로 거울을 갈아서 맑게 하듯이 날카롭게 곤두세우고 강하게 단단히 먹고 있었던 마음을 느슨하게 풀고 마음을 허락하였던 그날 이후로부터, 파도와 함께 흔들리는 해초처럼 이리저리로 흔들리는 마음이 없이 오로지 당신 한 사람만을 큰 배와 같이 의지하고 있는 때에, 무서운 신이 우리 사이를 떼어 놓은 것일까요. 아니면 헛된 이 세상 사람이 우리를 방해했나요. 늘 오시던 그대도 오시지 않고 그대가 보낸 심부름꾼도 보이지 않게 되었으므로 정말 어쩔 수 없어서 칠흑같은 밤에는 밤중 내내, 그리고 환한 낮에는 해도 저물 때까지 탄식하여도 그 보람도 없고, 생각하고 근심하여도 방법이 없으므로 연약한 아녀자라고 하는 이름 그대로 어린애처럼 소리 내어 울면서 배회하면서 그대가 보낸 심부름꾼을 기다리기가 힘이 드네요라는 내용이다.

이 작품은 사카노우헤노 이라츠메(坂上郎女)의 사랑의 원망에 대한 노래인데, 원망의 상대방이 누구인가에 대해서는 여러 설이 있다. 私注에서는 상대를 오호토모노 스쿠나마로(大伴宿奈麿)로 추정하고, 이 노래의 분위기가 태평스러운 느낌이 있어 실연당한 사람의 작품인지 의문스럽다고 한 뒤, 노래를 짓기 위한 노래인지, 아니면 다른 사람을 위해 대신 지은 작품일지도 모른다고 의문을 제기하였다[『萬葉集私注』 2, p.377].

反謌

620 從元 長謂管 不令恃者 如是念二 相益物歟

初めより 長くいひつつ[1] たのめずは かかる[2]思に 逢はましものか

はじめより　ながくいひつつ　たのめずは　かかるおもひに　あはましものか

西海道節度使[3]判官佐伯宿祢東人妻 贈夫君謌一首

621 無間 戀尓可有牟 草枕 客有公之 夢尓之所見

間無く 戀ふる[4]にかあらむ 草枕[5] 旅なる君の 夢にし見ゆる

あひだなく　こふるにかあらむ　くさまくら　たびなるきみの　いめにしみゆる

---

1 長くいひつつ: 오래도록이라고 말하면서.
2 かかる: 長歌의 뒷부분을 가리킨다.
3 西海道節度使: 九州 절도사. 각지의 군부대를 통할하기 위해 파견된 관리. 天平 4년(732) 8월 17일 임명되었다.
4 戀ふる: 자신이 상대를 사랑. 꿈에 보이는 것은 보통 상대방이 자신을 사랑하는 경우인데 여기서는 반대.
5 草枕: 나의 팔베개를 대비시키는 기분으로 표현.

反歌

620 처음서부터/ 오래라고 하면서/ 믿게 안 했음/ 이러한 그리움은/ 만나지 않았을 걸

해설

처음부터 오래도록 언제까지나 나를 사랑하겠다고 하는 말로, 그대를 의지하도록 만들지 않았다면 그대를 사랑하지도 않았을 것이고 따라서 그리움에 이렇게 고통당하는 일은 없었을 텐데요라는 내용이다.

西海道 절도사 판관 사헤키노 스쿠네 아즈마히토(佐伯宿禰東人)의 아내가 남편에게 보낸 노래 1수

621 끊임이 없이/ 님 생각을 한 탓일까/ (쿠사마쿠라)/ 길을 떠난 그대가/ 꿈에 보인답니다

해설

내가 그대를 끊임없이 생각한 때문일까요. 풀베개 베는 험한 여행길을 떠난 그대가 내 꿈에 보인답니다라는 내용이다.

全集에서는 '끊임이 없이 생각을 해주신 때문일까요. 여행 중에 계신 당신이 꿈에 보입니다'로 해석을 하였다. 이처럼 상대방이 작자를 생각하기 때문에 상대방이 꿈에 보인다고 해석한 경우와, 작자가 상대방을 생각해서 상대방이 꿈에 보인다고 해석한 경우가 있다.

佐伯宿祢東人和謌一首

622 草枕 客尒久 成宿者 汝乎社念 莫戀吾妹

草枕 旅に久しく なりぬれば 汝をこそ思へ な戀ひそ[1]吾妹

くさまくら たびにひさしく なりぬれば なをこそおもへ なこひそわぎも

池邊王宴誦謌[2]一首

623 松之葉尒 月者由移去 黄葉乃 過哉君之 不相夜多焉

松の葉に 月は移りぬ[3] 黄葉の 過ぐるや君が 逢はぬ夜の多き

まつのはに　つきはゆつりぬ　もみちばの　すぐるやきみが　あはぬよのおほき

---

1 **な戀ひそ**: 불안하게 생각하여 사랑에 고통당하지 말라는 뜻.
2 **宴誦謌**: 연회석에서의 誦詠의 노래. 작자불명.
3 **移りぬ**: 정원 앞의 풍경.

사헤키노 스쿠네 아즈마히토(佐伯宿禰東人)가 답한 노래 1수

622 (쿠사마쿠라)/ 길을 떠난 지 오래/ 되었으므로/ 당신만 생각하네/ 그리운 내 아내여

해설

내가 풀베개 베는 여행길을 떠난 지 이미 오래 되었으므로 당신만 생각합니다. 그리운 내 사랑하는 아내여라는 내용이다.

이케베노 오호키미(池邊王)가 연회에서 誦詠한 노래 1수

623 소나무 잎에/ 달은 비치었네요/ 단풍잎처럼/ 떠나갔나 그대가/ 못 만나는 밤이 많네

해설

소나무 잎에 비치는 달의 위치도 날마다 바뀌어 가네요. 단풍잎이 져서 사라지는 것처럼 나의 곁을 떠나간 그대를 만나지 못하는 밤이 많군요라는 내용이다.

全集에서는 '소나무 잎에 달이 걸리었네요. 생각하지 않게 된 것일까요. 그대가 만나러 오지 않는 밤이 많네요'로 해석을 하였다.

소나무(まつ: 마츠)는 기다린다는 뜻인 'まつ(마츠)'와 발음이 같으므로 작자가 사랑하는 사람을 기다리는 마음을 나태내었다.

天皇思酒人女王御製謌一首 [女王者穗積皇子之孫女也]

624 道相而 咲之柄尓 零雪乃 消者消香二 戀云君妹

道にあひて 咲まししからに 降る雪の 消なば消ぬが[1]に 戀ふといふ吾妹[2]

みちにあひて ゑまししからに ふるゆきの けなばけぬがに こふといふわぎも

高安王褁[3]鮒贈娘子謌一首 [高安王者後賜姓大原眞人氏]

625 奥弊往 邊去 伊麻夜爲妹 吾漁有 藻臥束鮒

沖方行き 邊を行き[4]今や 妹がため わが漁れる 藻臥し束鮒[5]

おきへゆき へをゆきいまや いもがため わがすなどれる もふしつかふな

---

1 消ぬが : ~같이.
2 吾妹 : 사카히토노 오호키미(酒人女王)를 가리킨다.
3 褁 : 마른 붕어인가. 건어물을 노래에서는 굳이 '지금 막'이라고 하였다.
4 沖方行き 邊を行き : 고생을 해서.
5 束鮒 : 해초 속에 숨은 작은 붕어. '束'은 다섯 손가락의 폭.
유희적으로 한 노래.

천황(聖武천황)이 사카히토노 오호키미(酒人女王)를 생각해서 지은 노래 1수 [女王은 호즈미노 미코(穗積황자)의 손녀이다]

624 길에서 만나서/ 내가 웃었다 해서/ 내리는 눈같이/ 사라져 버릴 정도/ 그립다는 그대여

해설

길에서 만나서 내가 미소를 지어 보였다고 해서 "내리는 눈과 같이 사라져 없어져버릴 정도로, 즉 죽을 정도로 그리워합니다"라고 말하는 그대여라는 내용이다.

全集에서는 '길에서 만나서 방긋 웃은 것만으로, 내리는 눈처럼 사라질듯이 나를 사랑한다고 하는 그대여'로 해석을 하였다.

私注에서는 '길에서 만나서 사카히토노 오호키미(酒人女王) 그대가 방긋 웃는 것을 보고, 내리는 눈이 녹아 사라져 버리는 것처럼 나는 그리워하고 있답니다. 그대여'로 해석을 하였다.

이처럼 왕이 酒人女王을 그리워하는 것으로 해석하는 경우와, 반대로 酒人女王이 왕을 그리워하는 것으로 해석을 하는 경우가 있다.

酒人女王은 누구인지 잘 알 수 없다.

타카야스노 오호키미(高安王)가 포장한 붕어를 娘子에게 보낸 노래 1수 [高安王은 후에 姓 大原眞人의 氏를 받았다]

625 바다 갔다가/ 해변 걷기도 하며/ 그대 위하여/ 내가 막 잡아서 온/ 해초 사이의 붕어

해설

바다에 나갔다가 해변을 걸었다가 해서 지금 막 당신을 위해 잡아온 해초 사이의 작은 붕어랍니다라는 내용이다.

八代女王獻天皇謌一首

626 君尒因 言之繁乎 古郷之 明日香乃河尒 潔身爲尒去 [一尾云, 龍田超 三津之濱邊尒 潔身四二由久]

君により 言[1]の繁きを 故郷[2]の 明日香の川に 潔身[3]しに行く[4] [一尾に云はく, 龍田越え三津の浜邊に潔身しにゆく]

きみにより　ことのしげきを　ふるさとの　あすかのかはに　みそぎしにゆく [あるびにいはく, たつたこえ　みつのはまべに みそぎしにゆく]

娘子報贈佐伯宿祢赤麿謌[5]一首

627 吾手本 將卷跡念牟 大夫者 變水定 白髮生二有

わが袂 まかむ[6]と思はむ 大夫は 變水求[7]め 白髮生ひにたり[8]

わがたもと　まかむとおもはむ　ますらをは　をちみづもとめ　しらがおひにたり

---

1 **言**: 소문.
2 **故郷の**: 사람이 많은 도읍을 떠나서 라는 뜻.
3 **潔身**: 몸의 더러운 것을 씻는 것.
4 전승가를 여왕이 바친 것. 전승과정에 지명이 바뀌는 일은 일반적인 현상이다.
5 **娘子報贈佐伯宿祢赤麿謌**: 아카마로(赤麿)가 먼저 낭자에게 보낸 노래는 불명.
6 **袂 まかむ**: 잠자리를 함께 하는 것.
7 **變水求**: 마시면 다시 젊어진다고 하는 전설상의 물. 달 속에 있다고 한다.
8 상대방의 흰 머리카락을 야유한 노래이다.

야시로노 오호키미(八代女王)가 천황(聖武천황)에게 바친 노래 1수

626 당신 때문에/ 소문 무성하므로/ 조용한 마을/ 아스카(明日香)의 강으로/ 재계하러 갑니다 [(어떤 책에는) 끝구에 말하기를, 타츠타(龍田) 넘어/ 미츠(三津)의 해변가에/ 재계하러 갑니다]

해설

당신 때문에 소문 무성하므로 사람이 많은 시끄러운 도읍을 떠나 조용한 마을인 아스카(明日香)의 강으로 재계하러 갑니다라는 내용이다.

娘子가 사헤키노 스쿠네 아카마로(佐伯宿禰赤麿)에게 답하여 보낸 노래 1수

627 내 옷소매를/ 베고 자고 싶어하는/ 대장부님은/ 회춘 물 구하다가/ 흰 머리 나 버렸네요

해설

내 옷소매를 베고 자고 싶어하는 그대는 젊어지는 물을 구하러 다니다가 흰 머리카락이 나 버렸네요라는 내용이다.

中西 進은 '흰 머리 나 있어요(白髮生ひにけり)'에서 흰 머리가 난 사람을 사에키노 스쿠네 아카마로(佐伯宿禰赤麿)로 보았다. 그러면 이 작품은 낭자가 사에키노 스쿠네 아카마로(佐伯宿禰赤麻呂)의 흰 머리카락이 난 것을 놀리는 골계적인 작품이 된다.

全集에서도 '내 팔베개를 베고 자고 싶다고 생각하는 장부님. 젊어지는 물을 찾으세요. 당신 머리에 흰머리카락 나 있네요'로 해석을 하였다.

그런데 다음 작품인 628번가를 보면 낭자가 자신에게 흰 머리카락이 있는 것을 말한 것임을 알 수 있다. 흰 머리카락이 생긴 것을 부끄러워하며 상대방에게 젊게 보이고 싶어하는 마음을 담은 내용이라고 할 수 있다. 中西 進도 628번가에서는 '흰 머리 난 것은/ 생각하지 않아요/ 젊음의 물은/ 어떻게 해서든지/ 찾아서 가겠어요'로 해석을 하여 낭자의 머리카락이 흰 것으로 보았다.

'變若水'는 마시면 젊어진다고 하는 물이므로 이 물을 찾아서 젊어지면 흰머리가 없어지므로 이 물을 찾아 달라고 하는 내용이다.

佐伯宿祢赤麿和謌一首

628 白髮生流 事者不念 變水者 鹿煮藻闕二毛 求而將行

白髮生ふる 事は思はず 変水は かにもかくにも 求めて行かむ

しらがおふる　ことはおもはず　をちみづは　かにもかくにも　もとめてゆかむ

大伴四綱宴席謌[1]一首

629 奈何鹿 使之來流 君乎社 左右裳 待難爲礼

何すとか 使の來つる 君をこそ かにもかくにも 待ちがてにすれ

なにすとか　つかひのきつる　きみをこそ　かにもかくにも　まちがてにすれ

---

1 **宴席謌**: 구송되던 여성의 戀歌.
결과적으로 기대는 사라졌지만, 그래도 혹시나 올까 하고 기대하는 쪽이, 보낸 심부름꾼을 통해 확실하게 못 온다는 말을 듣는 것보다는 좋다는 의미이다.

사헤키노 스쿠네 아카마로(佐伯宿禰赤麿)가 답한 노래 1수

628 흰 머리 난 것은/ 생각하지 않아요/ 회춘하는 물/ 어떻게 해서든지/ 찾아서 가겠어요

흰 머리가 나 있는 것은 나에게는 전연 상관이 없는데, 당신이 그렇게 원한다면 젊어지는 물은 어떻게 해서든지 찾아서 가지요라는 내용이다.

오호토모노 요츠나(大伴四綱)의 연회에서의 노래 1수

629 무엇 때문에/ 심부름꾼 왔나요/ 당신만을요/ 어떻게 해서든지/ 기다리고 있는데

해설

무엇 때문에 그대가 못 온다는 전갈을 가지고 심부름꾼이 왔나요. 당신이 오기만을 이렇게 기다리고 있는데 나를 실망시키는가요라는 내용이다.

佐伯宿祢赤麿歌一首

630 初花之 可散物乎 人事乃 繁尒因而 止息比者鴨

初花[1]の 散る[2]べきものを 人言の 繁きによりて よどむ[3]ころかも

はつはなの ちるべきものを ひとごとの しげきによりて よどむころかも

1 **初花**: 젊은 여성의 비유.
2 **散る**: 아내가 되는 것.
3 **よどむ**: 마음이 침체되다. 자신에게 대하여 서먹서먹한 것.

사헤키노 스쿠네 아카마로(佐伯宿禰赤麿)의 노래 1수

630 처음 핀 꽃은/ 막 지려고 하는데/ 사람들 소문/ 너무 시끄러워서/ 망설이는 요즈음

해설

처음 핀 꽃은 건드리면 막 떨어지려고 하는데 사람들 소문이 너무 시끄러워서 잠시 망설이고 있는 요즈음이라는 내용이다.

私注에서는 '처음 핀 꽃이 지는 것처럼 헤어져야만 하는 것을 그렇게 할 수도 없네. 사람들 소문이 시끄러우므로 헤어지는 것도 만나는 것도 망설여지는 요즈음'이라고 해석을 하였다.

湯原王贈娘子謌二首[1] 志貴皇子之子也

631 宇波弊無 物可聞人者 然許 遠家路乎 令還念者

表邊なき[2] ものかも人[3]は しかばかり 遠き家路を 還す思へば

うはへなき　ものかもひとは　しかばかり　とほきいへぢを　かへすおもへば

632 目二破見而 手二破不所取 月内之 楓如 妹乎奈何責

目には見て 手には取らえぬ 月の内の 楓のごとき 妹をいかにせむ

めにはみて　てにはとらえぬ　つきのうちの　かつらのごとき　いもをいかにせむ

1 二首 : 이하 12수 연작. 소설적 구성이다.
2 表邊なき : 애교가 없다.
3 人 : 상대방 남자를 가리킨다. 이하 작품에서 심리에 따라 부르는 방식이 달라지고 있다.

유하라노 오호키미(湯原王)가 娘子에게 보낸 노래 2수
시키노 미코(志貴황자)의 아들이다

631 매정스러운/ 사람인가 그대는/ 이렇게도 먼/ 집으로 가는 길을/ 되돌려 보내다니

 해설

그대는 매정스러운 사람인가요. 나를 받아들여주지 않고 이렇게도 먼 내 집으로 가는 길로 되돌려 보내어 버리다니라는 내용이다.

632 볼 순 있지만/ 손엔 잡을 수 없는/ 달 가운데 있는/ 계수나무와 같은/ 그녀를 어떻게 할까

해설

눈으로는 볼 수는 있지만 손으로 잡을 수는 없는, 마치 달 속의 계수나무와 같은 그녀를 어떻게 할까라는 내용이다.

娘子報贈謌二首

633 幾許 思異目鴨 敷細之 枕片去 夢所見來

ここだくも[1] 思ひけめか[2]も 敷栲の 枕片去る 夢に[3]見えける

ここだくも　おもひけめかも　しきたへの　まくらかたさる　いめにみえける

634 家二四手 雖見不飽乎 草枕 客毛妻与 有之乏左

家にして 見れど飽かぬを 草枕 旅にも妻と あるが羨しさ

いへにして　みれどあかぬを　くさまくら　たびにもつまと　あるがともしさ

---

1 **ここだくも**: 심하게, 매우.
2 **思ひけめか**: 내가 생각함.
3 **枕片去る 夢に**: 상대방을 위해 베개를 한쪽 편에 놓아두는 꿈.

娘子가 답하여 보낸 노래 2수

633 이렇게 매우/ 생각한 때문일까/ (시키타헤노)/ 베개 한쪽만 베는/ 꿈에 보였답니다

해설

내가 당신을 이렇게까지 생각한 때문인지요. 베개 한쪽만 베고 독수공방하는 밤의 꿈에 당신이 보였답니다라는 내용이다.

한편 'ここだくも 思ひけめかも'는 '이렇게까지 당신이 나를 생각한 때문일까요'로도 해석을 할 수 있다. 그런데 남성의 노래에 대해서 자신도 상대방을 무척 생각하고 있다는 것으로 해석하는 것이 답하는 노래로 더 좋을 듯하다.

634 나의 집에서/ 만나도 헤어지나/ (쿠사마쿠라)/ 여행에도 부인과/ 함께 함이 부럽네

해설

나의 집에서 만나도 나는 언제나 충분히 같이 있지 못하고 곧 헤어져야 하는데, 댁에서는 물론 풀베개 베는 여행에서조차 부인과 함께 하다니 그러한 사이가 부럽네요라는 내용이다.

全集·注釋·私注에서는 '집에 있으면서 서로 보아도 싫증나는 일 없이 즐거울 텐데, 여행할 때도 함께 동반하여 다니는 부인이 부럽다'는 뜻으로 해석하였다. 그런 부인에 비해 자신은 유하라노 오호키미(湯原王)를 자주 만날 수 없는 처지임을 마음 아파한 것으로 볼 수 있다. 娘子는 아마도 湯原王이 부임지에서 만나 사랑을 나누었던 여성인 듯하다. 私注에서는 '湯原王의 다음 작품을 보면, 湯原王이 여성을 동반하고 여행하던 중에 낭자에게 구혼한 것이라고 보지 않을 수 없다. 그러므로 '妻'는 동반한 여성이며 '家にして見れど飽かぬを'는 湯原王과 동반한 여성의 관계라고 하는 것이 된다'고 하였다. 이 설명에 의하면 '妻'는 아내가 아니라 다른 여성이 되는 것 같다.

湯原王亦贈歌二首

635 草枕 客者嬬者 雖率有 匣内之 珠社所念

草枕 旅には妻は 率たれども 匣の内の 珠[1]をこそ思へ

くさまくら たびにはつまは ゐたれども くしげのうちの たまをこそおもへ

636 余衣 形見尓奉 布細之 枕不離 巻而左宿座

わが衣 形見に奉る 敷栲の 枕を離けず 巻きてさ寝ませ

わがころも かたみにまつる しきたへの まくらをさけず まきてさねませ

1 匣の内の 珠: 낭자를 가리킴. '匣の内'는 '旅に率る'의 반대 상황이다.

유하라노 오호키미(湯原王)가 또 보낸 노래 2수

635 (쿠사마쿠라)/ 여행에는 아내를/ 동반하지만/ 소중한 상자 속의/ 구슬을 생각한다오

해설

여행하면서 아내를 데리고 다니고 있지만 상자에 들어있는 구슬 같은 당신만을 생각하네라는 내용이다.
그런데 注釋에서는 '여행에 아내를 데리고 다니고 있지만 아내는 상자 속에 넣어둔 구슬로만 생각하고 있는 것을'이라고 해석하였대『萬葉集注釋』 4, p. 374].
이렇게 다양하게 해석을 할 수 있는 근거는 萬葉假名 '珠社所念'를 여러 가지로 읽을 수 있기 때문이다. 즉 '玉を(구슬을)'로 읽으면 '玉'는 '娘子'를 가리키게 되며, '玉と(구슬로)'로 읽으면 '玉'는 아내를 가리키는 것으로 되는 것이다. 두 경우가 다 가능하지만 '아내를 상자 속에 넣어둔 구슬로만 생각한다'고 하는 것보다는, '여행길에 아내를 동반하고 있지만 마음은 상자 속에 잘 간직하여 둔 구슬 같은 당신만을 생각한다'로 해석하는 것이 아내와 낭자의 대비를 이루며, 낭자를 달래는 내용도 되어 훨씬 더 재미있는 작품이 되는 것 같다.

636 나의 옷을요/ 정표로 드립니다/ (시키타헤노)/ 잠자리에 두고서/ 몸에 덮고 자세요

해설

당신께 내 옷을 정표로 드립니다. 여행하는 중에 잠을 잘 때면 몸에 덮고 자면서 나를 생각하세요라는 내용이다.

娘子復報贈謌一首

637 吾背子之 形見之衣 嬬問尒 余身者不離 事不問友

わが背子が 形見の衣 妻問に[1] わが身は離けじ 言問は[2]ずとも

わがせこが かたみのころも つまどひに わがみはさけじ ことゝはずとも

湯原王亦贈謌一首

638 直一夜 隔之可良尒 荒玉[3]乃 月歟經去跡 心遮

ただ一夜 隔てしからに あらたまの 月か經ぬると 心いぶせし

ただひとよ へだてしからに あらたまの つきかへぬると こころいぶせし

1 **妻問に**: 구혼하는 것.
2 **言問は**: 말을 거는 것.
3 **荒玉**: 황폐한 혼의 황량함이 마음에 일어나 있다.

娘子가 다시 답하여 보낸 노래 1수

637 그대가 주신/ 정표로서의 옷을/ 납채로 보고/ 몸에서 안 떼지요/ 말은 못하지마는

해설

그대가 준 정표로서의 옷은, 부드러운 말을 걸어주는 것으로 생각하고 내 몸에서 떼지 않고 있을 것입니다. 옷이 비록 말은 못하지마는이라는 내용이다.

유하라노 오호키미(湯原王)가 또 보낸 노래 1수

638 단지 하룻밤/ 못 만났을 뿐인데/ (아라타마노)/ 한 달이나 지난 듯/ 마음 편하지 않네

해설

단지 하룻밤을 만나지 못했을 뿐인데 어이없게도 마치 한 달이나 만나지 못하고 지난 것처럼 마음은 안정되지 못하고 혼란스럽다는 내용이다.

娘子復報贈謌一首

639 吾背子我 如是戀礼許曾 夜干玉能 夢所見管 寐不所宿家礼

わが背子が かく[1]戀ふれこそ ぬばたまの 夢に[2]見えつつ 寐ねらえずけれ

わがせこが　かくこふれこそ　ぬばたまの　いめにみえつつ　いねらえずけれ

湯原王亦贈謌一首

640 波之家也思 不遠里乎 雲居尓也 戀管將居 月毛不經國

はしけやし 間近き里を 雲居にや 戀ひつつをらむ 月も經なくに[3]

はしけやし まちかきさとを くもゐにや こひつつをらむ つきもへなくに

---

1 わが背子が かく : 앞의 노래 638번가의 내용을 말한 것이다.
2 夢に : 상대방의 생각에 의해 내 꿈에.
3 月も經なくに : 638번가의 '一夜'에 대해 변화가 미묘하게 나타나 있다.

娘子가 다시 답하여 보낸 노래 1수

639 그대께오서/ 이리 사랑하시니/ (누바타마노)/ 꿈에 계속 보여서/ 잠 못 들었나봐요

해설

그대가 나를 이리 사랑하시니 밤에 잠을 잘 때 꿈에 그대가 계속 보여서 나는 잠을 들 수가 없었던 것인가 봅니다라는 내용이다.

유하라노 오호키미(湯原王)가 또 보낸 노래 1수

640 당신이 있는/ 바로 근처 마을을/ 아주 먼듯이/ 그리워하고 있네/ 한 달도 채 못 되어

해설

아아! 정말로 감회가 깊은, 바로 가까이에 있는 당신이 살고 있는 마을을, 구름이 있는 저 먼 곳인 것처럼 그리워하고 있답니다. 만나고 나서 채 한 달도 지나지 않았는데도라는 내용이다.

娘子復報贈謌一首

641 絶常云者 和備染責跡 燒大刀乃 隔付經事者 幸也吾君

絶ゆと言はば 侘しみせむと 燒太刀[1]の へつかふ[2]ことは 幸くやあが君

たゆといはば わびしみせむと やきたちの へつかふことは さきくやあがきみ

湯原王謌一首

642 吾妹兒尒 戀而亂在 久流部寸二 懸而緣与 余戀始

我妹子に 戀ひ亂れたり 反轉に[3] 懸けて緣せ[4]むと わが戀ひそめし

わぎもこに　こひみだれたり　くるべきに　かけてよせむと　わがこひそめし

---

1 **燒太刀**: 불에 달구어 잘 벼린 칼. 몸 옆에 큰 칼을 찬다는 뜻으로 '헤(へ)'에 연결되는 상투적인 수식어이다.
2 **へつかふ**: 아첨하다.
3 **反轉に**: 사각형의 나무틀로 실을 감는 것. 실패. 실감개.
4 **懸けて緣せ**: 혼란해진 마음을 비유.

娘子가 다시 답하여 보낸 노래 1수

641 헤어진다 하면/ 쓸쓸해 할까봐서/ 아침하면서/ 겉치레로 말하면/ 행복할까요 그대여

해설

헤어진다고 말하면 제가 낙심하고 쓸쓸해할까 봐서 불에 달구어서 잘 만든 칼처럼, 겉으로만 부드럽게 말하면 과연 그래도 괜찮고 행복한 것인가요 그대여라는 내용이다.

원문의 '幸'을 '辛'의 오자로 보는 경우도 있다.

유하라노 오호키미(湯原王)의 노래 1수

642 그대 사랑해/ 마음이 괴롭네요/ 얼레에다가/ 걸어서 바로 하려/ 나는 사랑했던가

해설

당신을 사랑하는 것 때문에 마음이 어지러워지면 얼레(물레)에 걸어서 흐트러진 마음을 되돌리려고 생각하고 사랑하기 시작했던 것일까요라는 내용이다.

紀女郎[1]怨恨謌三首 [鹿人大夫之女 名曰小鹿也 安貴王之妻也]

643 世間之 女尓思有者 吾渡 痛背乃河乎 渡金目八

世間の 女にしあらば[2] わが渡る 痛背[3]の河を 渡りかねめや

よのなかの をみなにしあらば わがわたる あなせのかはを わたりかねめや

644 今者吾羽 和備曾四二結類 氣乃緒尓 念師君乎 縦左久思者

今は吾は 侘びそしにける 氣の緒[4]に 思ひし君を ゆるさく[5]思へば

いまはわは わびそしにける いきのをに おもひしきみを ゆるさくおもへば

---

1 **紀女郎**: 紀小鹿女郎이라고도 한다(1648·1661번가).
2 **あらば**: 가정으로 그 다음에 反語가 오게 된다. 21·1425번가.
3 **痛背**: 穴師(아나시)川의 음을 빌려서, '아나(あな)背'川이라고 하였다. 강을 건너는 것은 사랑의 성취를 의미한다.
4 **氣の緒**: 생명. 숨을 쉬는 것이 살아 있는 것이며, 연속적인 것을 '~の緒'라고 한다.
5 **ゆるさく**: '許す'의 명사형이다.

키노 이라츠메(紀郎女)의 원망하는 노래 3수 [카히토(鹿人)大夫의 딸로 이름은 오시카(小鹿)라고 한다. 아키노 오호키미(安貴王)의 아내이다]

643 내가 세상의/ 보통 여자였더라면/ 내가 건너는/ 아나세(痛背)의 강을요/ 건너기 힘들까요

해설

내가 세상의 보통 여자와 같았더라면 아나세(痛背) 강을 건너기 힘들어 할까요. 건넜겠지요. 그러나 나는 남편이 떠나간 불행한 여자이므로 남편을 연상시키는 이름의 이 아나세(痛背) 강을 건너기 힘들어하는 것이랍니다라는 내용이다.

全集에서는 세상의 보통 여자이었다면 내가 건너는 아나세(痛背) 강을 못 건넜을 것인가요. 즉 자신이 세상 보통 여자가 아니므로 건널 수 없는 것을 말한 것이며, 자신은 남편의 배반을 참을 수 없다는 뜻을 담은 것이라고 하였다.

644 지금 나는요/ 마음이 괴롭네요/ 내 목숨처럼/ 생각했던 그대를/ 놓아 주려 생각하니

해설

내 목숨처럼 사랑했던 그대를 떠나 보내어야 하므로 어떻게 할 수 없어 지금 나는 마음이 무척 괴롭네요라는 내용이다.

'이키노오니(氣の緒に)'는 구슬들을 꿴 끈처럼 호흡을 꿴 끈이라는 뜻으로 호흡의 연속, 즉 목숨을 표현한 것이다.

645 白細乃 袖可別 日乎近見 心尓咽飯 哭耳四所泣

白栲の[1] 袖別るべき 日を近み 心に咽ひ ねのみし泣かゆ

しろたへの　そでわかるべき　ひをちかみ　こころにむせひ　ねのみしなかゆ

大伴宿祢駿河麿歌一首[2]

646 大夫之 思和備乍 遍多 嘆久嘆乎 不負物可聞

大夫の[3] 思ひ侘びつつ 度まねく 嘆く嘆きを 負はぬ[4]ものかも

ますらをの おもひわびつつ たびまねく なげくなげきを おはぬものかも

---

1 **白栲の**: 사랑의 아름다운 이미지가 있다.
2 이하 坂上郎女와의 증답인가.
3 **大夫の**: 大夫는 울지 않는 것이므로, 따라서 탄식을 강조한다.
4 **負はぬ**: 몸에 짊어지지 않음.

645 (시로타헤노)/옷소매 이별을 할/ 날 가까우니/ 가슴이 답답하여/ 소리내어 운다오

해설

아주 새하얀 옷소매를 서로 함께 교차하여 사랑을 나누었던 그 하얀 옷소매를 서로 분리해서 이별할 날이 가까워지니 가슴이 답답하여 소리를 내어서 운다오라는 내용이다.

오호토모노 스쿠네 스루가마로(大伴宿禰駿河麿)의 노래 1수

646 대장부인데/ 쓸쓸히 생각하며/ 수없이 많이/ 탄식하는 원망을/ 받지 않는 것일까

해설

사나이인데도 그리움에 쓸쓸해하면서 수도 없이 많이 탄식하는 이 원망을 당신은 몸에 받지 않는 것일까, 즉 무심한 죄의 댓가를 받지 않을까라는 내용이다.

全集에서는 '負う'는 죄의 댓가, 처벌, 다른 사람의 저주 등을 몸에 받는 것을 의미한다고 하였다. 그러므로 이렇게 탄식하고 있는데 그렇게 아무렇지도 않은 듯 무심하게 지낸다면 그에 대한 댓가가 없을 것인가. 이 탄식이 당신의 몸에 반응이 없이 지나가지는 않을 것이라는 내용이다. 지금까지의 남성들의 사랑의 노래가 그리워하며 눈물 흘리는 연약한 모습을 보이고 있다면 이 작품에서는 자신의 탄식에도 무심하게 있는 여성에게 대하여 벌을 받을 것이라는 악담을 내뱉고 있다는 점에서 특이하다. 반응이 없는 여성에 대해 무척 화가 많이 난 듯하다.

大伴坂上郎女謌一首

647 心者 忘日無久 雖念 人之事社 繁君尒阿礼

心には 忘るる日無く 思へども 人の言こそ 繁き[1]君にあれ

こころには わするるひなく おもへども ひとのことこそ しげききみにあれ

大伴宿祢駿河麿謌一首

648 不相見而 氣長久成奴 比日者 奈何好去哉 言借吾妹

相見ずて 日長くなりぬ[2] このころは いかに幸くや いふかし吾妹

あひみずて けながくなりぬ このころは いかにさきくや いふかしわぎも

---

1 **人の言こそ 繁き**: 소문이 나기 쉬운.
2 **日長くなりぬ**: 자신이 방문하지 않으므로 만날 수 없음. 미안해 하는 마음이 下句에 있다.

오호토모노 사카노우헤노 이라츠메(大伴坂上郎女)의 노래 1수

647 마음으로는/ 잊는 날이 없다고/ 생각하지만/ 사람들의 소문이/ 무성한 당신이므로

해설

마음으로는 당신을 잊어버리는 날이 없이 늘 생각을 하지만 사람들의 입에 화제로 자주 오르는 당신이므로 만날 수 없네요라는 내용이다.

두 사람의 관계도 소문이 날까 두려워서 만나지 못 한답니다라는 내용이다. 그러나 한편으로는 당신에 대하여 사람들이 말하는 여러 가지 소문을 듣고 있으므로 당신이 하는 말을 과연 그대로 믿을 수 있을지 망설여지기도 하므로 만나기가 주저된다는 내용으로도 해석할 수 있다.

오호토모노 스쿠네 스루가마로(大伴宿禰駿河麻呂)의 노래 1수

648 못 만난지도/ 이미 오래 되었네/ 요 근래에는/ 잘 지내고 있는지/ 궁금합니다 그대

해설

그대를 못 만난지도 이미 오래 되었네. 요 근래에는 어떻게 지내고 있는지요. 잘 지내고 있는지 궁금하네요라는 내용이다.

大伴坂上郎女謌一首

649 夏葛之 不絶使乃 不通有者 言下有如 念鶴鴨

夏葛の[1] 絶えぬ使の よどめれば 事しもあるごと 思ひつるかも

なつくずの たえぬつかひの よどめれば ことしもあるごと おもひつるかも

左注 右, 坂上郎女者, 佐保大納言卿[2]之女也. 駿河麿, 此高市大卿[3]之孫也. 兩卿兄弟之家, 女孫姑姪之族. 是以, 題謌送答, 相問起居.[4]

大伴宿祢三依 離復相歡謌一首

650 吾妹兒者 常世國尒 住家良思 昔見従 變若益尒家利

吾妹子は 常世の國に 住みけらし 昔見しより 變若ちましにけり

わぎもこは とこよのくにに すみけらし むかしみしより をちましにけり

---

1 **夏葛の**: 무성한 상태이므로 '絶えぬ(끊임없이)'를 강조했다.
2 **大納言卿**: 오호토모노 야스마로(大伴安麿).
3 **高市大卿**: 오호토모노 미유키(大伴御行)인가.
4 **起居**: 생활 상태.

오호토모노 사카노우헤노 이라츠메(大伴坂上郎女)의 노래 1수

649 (나츠쿠즈노)/ 계속오던 종자가/ 요즘 뜸해졌네요/ 무슨 일이 있는가고/ 생각을 했답니다

해설

그대가 보낸 심부른꾼이 칡덩굴이 계속 벋어가듯이 그렇게 계속해서 왔는데 요즈음은 뜸해졌네요. 그대에게 무슨 일이 생겼는가 하고 생각을 했답니다라는 내용이다.

좌주 위의 사카노우헤노 이라츠메(坂上郎女)는 사호(佐保)의 大納言卿(安麿)의 딸이다. 스루가마로(駿河麿)는 타케치(高市)大卿(오호토모노 미유키:大伴御行)의 손자이다. 야스마로(安麿)와 御行은 형제, 郎女와 駿河麿는 고모, 조카라는 一族이므로 노래를 써서 보내고 답하여 서로 안부를 물은 것이다.

오호토모노 스쿠네 미요리(大伴宿禰三依)가 헤어졌다가 다시 만난 것을 기뻐하는 노래 1수

650 당신께서는/ 신선들의 세계에/ 살았나봐요/ 전에 봤을 때보다/ 훨씬 젊어졌네요

해설

당신께서는 우리가 만나지 못한 동안 신선세계에 살았던 것인가 봅니다. 전에 보았을 때보다 훨씬 젊어졌네요라는 내용이다.

私注에서는 반드시 연애가라고만 볼 수 없고 오랜만에 만난 여성에게 인사하는 노래일 것이라고 하였다 [『萬葉集私注』 2, p.403].

大伴坂上郎女謌二首

651 久堅乃 天露霜 置二家里 宅有人毛 待戀奴濫

ひさかたの 天の露霜[1] おきにけり 家なる人も[2] 待ち戀ひぬらむ

ひさかたの あまのつゆじも おきにけり いへなるひとも まちこひぬらむ

652 玉主尒 珠者授而 勝且毛 枕与吾者 率二將宿

玉主[3]に 玉[4]は授けて かつがつも[5] 枕とわれは いざ二人寢む

たまもりに たまはさづけて かつがつも まくらとわれは いざふたりねむ

1 **露霜**: 露霜를 막연하게 말하였다.
2 **家なる人も**: 다음 작품과 連作이라고 보면 '玉主'에게 집을 맡기는 것을 권한 노래. '家なる人'는 돌아가야만 하는 집의 '玉'을 말함. 'も'는 상대방과 헤어지기 힘든 자신에 대해서.
3 **玉主**: 玉ヌシ(타마누시)라고도 읽을 수 있다. 구슬을 지키는 사람, 즉 딸의 남편을 말한다.
4 **玉**: 딸인가.
5 **かつがつも**: 그런대로, 그럭저럭.

오호토모노 사카노우헤노 이라츠메(大伴坂上郎女)의 노래 2수

651 (히사카타노)/ 하늘 이슬 서리도/ 내릴 때네요/ 집에 있는 사람도/ 기다리고 있겠죠

해설

아주 머나먼 하늘에서 이슬 서리가 내리는 계절이 벌써 되었네. 집에 남겨 두고 온 그대는 내가 돌아가기를 기다리고 있겠지라는 내용이다.

오호토모노 스쿠네 마로(大伴宿禰麿)가 大宰府에 大宰帥로 있을 때, 오호토모노 사카노우헤노 이라츠메(大伴坂上郎女)가 그곳에서 지은 노래이며, 집에서 기다리는 사람은 딸인 사카노우헤노 오호오토메(坂上大孃)로 추정되고 있다.

652 구슬 주인께/ 구슬은 맡겨두고/ 어찌되었든/ 베개하고 나하고/ 자아 둘이서 자자

해설

옆에 딸은 없지만 딸은 자기 남편에게 맡겨버리고 딸 걱정일랑 이제 그만하고 베개를 벗 삼아서 베개하고 둘이서 자자, 즉 혼자 자자라는 내용이다.

'玉守'는 구슬을 지키는 사람인데 구슬은 오호토모노 사카노우헤노 이라츠메(大伴坂上郎女)의 딸을 비유한 것이다. 큰딸이라고 보는 설도 있고 차녀라고 보는 설도 있지만 어느 쪽이라도 상관이 없으며 둘 다로 볼 수도 있다. 큰딸은 야카모치(家持), 둘째 딸은 오호토모노 스쿠네 스루가마로(大伴宿禰駿河麿)와 같은 뛰어난 사위에게 맡겨 두고라는 내용인가?

大伴宿祢駿河麿謌三首

653 情者 不忘物乎 儻 不見日數多 月曾經去來

情には 忘れぬものを たまさかに[1] 見ぬ日さ數多く 月そ經にける

こころには わすれぬものを たまさかに みぬひさまねく つきそへにける

654 相見者 月毛不經尒 戀云者 乎曾呂登吾乎 於毛保寒毳

相見ては 月も經なくに 戀ふと言はば をそろとわれを 思ほさむかも

あひみては つきもへなくに こふといはば をそろとわれを おもほさむかも

1 たまさかに: 이따금, 우연히.

오호토모노 스쿠네 스루가마로(大伴宿禰駿河麻呂)의 노래 3수

653 마음으로는/ 잊고 있지 않지만/ 우연하게도/ 못 보는 날이 쌓여/ 한 달이 지났네요

해설

마음속으로는 그대를 잊지 않고 있지만 못 만난 날이 많아져 벌써 한 달이 지나버렸네요라는 내용이다.

私注에서는 스루가마로(駿河麻呂)가 사카노우헤노 이라츠메(坂上郎女)에게 보낸 작품이라고 생각되지만, 혹은 사카노우헤노 오토오토메(坂上二嬢)에게 보낸 것이며, 그것에 대하여 坂上二嬢의 어머니인 坂上郎女가 대신 답한 것이 656번가 이하인지도 모른다고 하였다『萬葉集私注』 2, p.405].

654 만나고 나서/ 한 달도 안 지나서/ 그립다 말하면/ 나를 경솔하다고/ 생각을 할 건가요

해설

그대를 만나고 난지 한 달도 채 지나지 않았는데 그대를 그립다고 말하면 나를 경솔한 사람이라고 생각을 할 것인가요라는 내용이다.

私注에서는 너무 사교적인 표현이므로 사카노우헤노 오토오토메(坂上二嬢)에게 보낸 것이라 하더라도 그녀의 어머니인 坂上郎女를 의식하면서 짓고 있는 것인지도 모른다고 하였다『萬葉集私注』 2, p.406].

655 不念乎 思常云者 天地之 神祇[1]毛知寒 邑礼左變

思はぬを 思ふと言はば 天地の 神も知らさむ 邑禮左變[2]

おもはぬを おもふといはば あめつちの かみもしらさむ 邑礼左變

大伴坂上郎女謌六首

656 吾耳曾 君尒者戀流 吾背子之 戀云事波 言乃名具左曾

われのみそ 君には戀ふる わが背子が 戀ふとふことは 言の慰そ

われのみそ　きみにはこふる　わがせこが　こふとふことは　ことのなぐさそ

---

1 **神祇**: 天神地祇.

2 **邑禮左變**: 난해구로 알 수 없다.

655 사랑 않는 걸/ 사랑한다 말하면/ 하늘과 땅의/ 신들도 알겠지요/ 邑禮左變

해설

사랑하지 않는 것을 사랑한다고 말하면 천지 신도 알 것이다라는 내용으로 자신의 하는 말이 거짓이 없이 진실하다는 것을 강조하는 내용이다.

이 작품군은 오호토모노 스쿠네 스루가마로(大伴宿禰駿河麿)가 오호토모노 사카노우헤노 이라츠메(大伴坂上郎女)에게 보낸 것으로 생각되지만, 또는 사카노우헤노 오토오토메(坂上二嬢)에게 보낸 것으로 보기도 한다. 전자로 보는 것은 바로 다음에 大伴坂上郎女의 노래 6수가 있기 때문이다. 후자로 보는 것은 이 작품이 사랑의 노래인데 大伴坂上郎女는 작자인 大伴宿禰駿河麿의 장모이므로 아내인 坂上二嬢에게 보낸 것이라고 보는 것이다. 이것을 해결하기 위하여 私注에서는, 大伴宿禰駿河麿가 大伴坂上郎女에게 보낸 것으로 생각되지만, 또는 坂上二嬢에게 보낸 것으로, 그것에 대해 母인 坂上郎女가 대신 답한 것이 656번가 이하일지도 모른다고 하였다. 그러나 656번가 이하의 작품의 작자를 편찬자가 잘못 쓴 경우도 생각해 볼 수 있겠다.

오호토모노 사카노우헤노 이라츠메(大伴坂上郎女)의 노래 6수

656 나 혼자만이/ 당신 사랑하네요/ 당신께오서/ 사랑한다 말함은/ 말뿐인 위로지요

해설

나만 혼자서 당신을 사랑하고 있네요. 당신은 나를 사랑한다고 말을 했지만 그것은 진정으로 나를 사랑해서 한 말이 아니라 그냥 형식적인 위로의 말이었군요라는 내용이다.

私注에서는 '앞의 증답가의 기재법으로 추측하여 보면 스루가마로(駿河麻呂)에게 답한 것으로 볼 수 있겠다. 자신이 직접 654번가에 대해 답한 것이라고도 볼 수 있다. 다만 다음 다음의 내용으로 보면 딸을 대신하여 지은 것인지도 모르겠다'고 하였다[『萬葉集私注』 2, p.407].

657 不念常 曰手師物乎 翼酢色之 變安寸 吾意可聞

思はじと 言ひてしものを 朱華[1]色の 變ひやすき わが心かも

おもはじと　いひてしものを　はねずいろの　うつろひやすき　わがこころかも

658 雖念 知僧裳無跡 知物乎 奈何幾許 吾戀渡

思へども 驗もなしと 知るものを なにかここだく[2] わが戀ひわたる

おもへども　しるしもなしと　しるものを　なにかここだく　わがこひわたる

1 **朱華**: 산앵도나무인가. 초여름에 붉은 꽃이 핀다. 염색한 것이 바래기 쉽다.
2 **ここだく**: 심하게, 매우

657 생각 않겠다/ 말을 했던 것인데/ 연분홍색처럼/ 정말 변하기 쉬운/ 나의 마음인가봐

해설

그대를 생각하지 않겠다고 말했지만, 산앵도로 염색한 것이 쉽게 색이 바래는 것처럼 쉽게 마음이 변하여 그대를 또 생각하게 된다는 내용이다.

658 생각을 해도/ 소용이 없다고는/ 알고 있지만/ 무엇 때문에 매우/ 나는 그리워하나

해설

그대를 그리워해도 아무런 소용이 없다고 하는 것을 알고는 있지만 무엇 때문에 이렇게도 깊이 나는 그대를 그리워하는 것인가라는 내용이다.

659 豫 人事繁 如是有者 四恵也吾背子 奥裳何如荒海藻

あらかじめ 人言繁し かくしあらば しゑや[1]わが背子 奥も[2]いかにあらめ

あらかじめ ひとごとしげし かくしあらば しゑやわがせこ おくもいかにあらめ

660 汝乎与吾乎 人曽離奈流 乞吾君 人之中言 聞起名湯目

汝をと吾[3]を 人そ離くなる いで吾君 人の中言[4] 聞きこすなゆめ

なをとわを　ひとそさくなる　いであがきみ　ひとのなかごと　ききこすなゆめ

661 戀々而 相有時谷 愛寸 事盡手四 長常念者

戀ひ戀ひて 逢へる時だに 愛しき[5] 言盡してよ 長くと思はば

こひこひて あへるときだに うるはしき ことつくしてよ ながくとおもはば

---

1 **しゑや**: 탄식한다는 뜻의 감동사.
2 **奥も**: 미래
3 **汝をと吾**: 당신과 나.
4 **中言**: 중간의 협잡의 말. 이간질 하는 말.
5 **愛しき**: 부드러운 말. 비록 헛말이라도 좋다는 간절한 마음이 담겨 있다.

659 미리서부터/ 소문 무성하다니/ 이런 상태라면/ 에에 자아 그대여/ 앞으로 어찌 될 건가요

해설

벌써부터 미리 소문이 무성하네요. 그렇다면 아아 그대여 앞으로 일이 어찌 될 것인가요. 아직 일이 성사되지도 않았고, 결심도 서지 않았는데 소문이 벌써 무성하다면 어떻게 해야 하나요라는 내용이다.

660 당신과 나를/ 남이 끊으려 하네/ 아무쪼록 그대/ 남이 중상하는 말/ 절대 듣지 말아요

해설

사람들이 당신과 나 사이를 갈라 놓으려고 하네요. 아무쪼록 그대여 사람들이 나에 대해 무어라 모함하는 말을 하더라도 절대로 듣지 마세요라는 내용이다.

661 그리워하다/ 만난 때만이라도/ 부드러운 말/ 제발 좀 해주세요/ 오래 사랑하려면요

해설

계속 그리워하다가 겨우 만난 이 때만이라도 적어도 부드러운 말을 해주세요. 이 사랑이 오래 지속되기를 바라신다면이라는 내용이다.

市原王謌一首

662 網兒[1]之山 五百重隱有 佐堤乃埼 左手蠅師子之 夢二四所見

網兒の山 五百重隱せる[2] 佐堤の崎 小網[3]延へし子の 夢にし見ゆる

あごのやま いほへかくせる さでのさき さではへしこの いめにしみゆる

安都宿祢年足謌一首

663 佐穗度 吾家之上二 鳴鳥之 音夏可思吉 愛妻之兒

佐保渡り[4] 吾家の上に 鳴く鳥の[5] 聲なつかしき 愛しき妻の子[6]

さほわたり わぎへのうへに なくとりの こゑなつかしき はしきつまのこ

---

1 **網兒**: 吾子의 느낌이 담겨 있다.
2 **五百重隱せる**: 마음 속 깊이 감춘다는 뜻이 있다.
3 **小網**: 작은 그물을 던져서 고기를 잡는 상태.
다음의 3수도 지명에 바탕한 사랑의 노래들이다.
4 **佐保渡り**: 佐保山의 새가 마을에 온 것을 말하는가.
5 **鳴く鳥の**: 새소리가 사랑스럽듯이 사랑스럽다. 아내는 목소리가 좋은 것은 아니다.
6 **妻の子**: 아내의 애칭.

이치하라노 오호키미(市原王)의 노래 1수

662 아고(網兒)의 산이/ 몇 겹으로 숨겨 논/ 사데(佐堤) 곶에서/ 小網치듯 가녀린 / 그녀 꿈에 보이네

해설

아고(網兒)의 산이 몇 겹으로 겹쳐서 가리고 있는 사데(佐堤) 곶에서 작은 그물을 치듯이 가녀린 그녀가 꿈에 보이네라는 내용이다.

注釋에서는 '아고(網兒)의 산이 몇 겹으로 숨겨 논 사데(佐堤) 곶에서 작은 그물을 치는 그녀 꿈에 보이네'로 해석을 하였다.

全集에서는 '佐堤の崎 さて延へし子が'를 '사테(佐堤)의 곶, 그렇게 그 이후로 계속 생각을 하고 있던 처녀가 꿈에 보이는구나'로 해석을 하였다. '佐堤'와 'さて'의 발음이 같은 것을 이용하고 있다.

이렇게 해석에서 차이가 나는 것은 원문의 萬葉假名 '左手'를 '사데(さで : 작은 그물)', '사테(さて : 그래서)'로 달리 읽었기 때문이다. 따라서 '延へし'도 '그물을 던져서 펼치는 것', '연정을 상대방에게 품는 것'으로 해석을 달리 하게 된 것이라 생각된다.

아토노 스쿠네 토시타리(安都宿禰年足)의 노래 1수

663 사호(佐保) 건너와/ 내 집 주위서 우는/ 새소리처럼/ 마음이 이끌리는/ 사랑스런 아내여

해설

사호(佐保)산에 있다가 마을로 건너와서 내 집 주위에서 우는 새의 소리처럼 마음이 이끌리는 사랑스런 아내여라는 내용이다.

注釋과 全集에서는 '내집 위에서 우는 새소리처럼 목소리가 그리운 사랑스런 아내여'로 해석을 하였다. 私注에서는 사호(佐保)강을 건너온 것으로 보았다.

大伴宿祢像見歌一首

664 石上 零十方雨二 將關哉 妹似相武登 言義之[1]鬼尾

石上 ふる[2]とも雨に 障らめ[3]や 妹に逢はむと 言ひてしものを

いそのかみ　ふるともあめに　さはらめや　いもにあはむと　いひてしものを

安倍朝臣蟲麿謌一首[4]

665 向座而 雖見不飽 吾妹子二 立離往六 田付不知毛

向ひゐて 見れども飽かぬ 吾妹子に 立ちわかれ[5]行かむ たづき知らずも

むかひゐて みれどもあかぬ わぎもこに たちわかれゆかむ たづきしらずも

1 **義之**: 王義(정확하게는 羲)之를 대표적인 서예가로 한 표기.
2 **ふる**: 지명 布留에서 '降る'로 옮겨 가는 표현법.
3 **雨に 障らめ**: 방해 받는 것. '雨障'(519번가)는 비가 와서 외출을 못하고 방에 있는 것으로 내용이 다르다.
4 **謌一首**: 이하 3수 증답→667번가 左注 참조.
5 **立ちわかれ**: 『만엽집』에서는 모두 '타치와카레(立ち別れ)'라고 하며, '타치하나레(立ちはなれ)'는 없다.(이 설명을 보충하자면 萬葉假名 원문에 '立離'라고 되어 있으므로, 원문대로 읽는다면 '立ちはなれ'가 되어야 하지만 그렇게 읽는 예가 없으므로 '立ち別れ'로 읽는다는 말이다)

오호토모노 스쿠네 카타미(大伴宿禰像見)의 노래 1수

664 이소노카미(石上)/ 비가 내린다 해도/ 지장 있을까/ 그녀를 만나겠다/ 말하여 놓은 것을

해설

비가 내린다고 해도 그 비 때문에 방해를 받아 그대로 집에 있을 수는 없지. 그녀에게 만날 것이라고 약속하여 놓은 것을이라는 내용이다.

아베노 아소미 무시마로(安倍朝臣蟲麿)의 노래 1수

665 마주 대하여/ 보아도 안 질리는/ 그대 당신과/ 헤어져 떠나야 하네/ 어떻게 해야 할까

해설

마주 대하여 아무리 바라보아도 싫증이 나지 않는 그대와 이제 헤어져서 떠나야 하네. 어떻게 해야 할까라는 내용이다.

大伴坂上郎女謌二首

666 不相見者 幾久毛 不有國 幾許吾者 戀乍裳荒鹿

相見ぬは いく久さにも あらなくに ここだくわれは 戀ひつつもあるか

あひみぬは　いくひささにも　あらなくに　ここだくわれは　こひつつもあるか

667 戀々而 相有物乎 月四有者 夜波隱良武 須臾羽蟻待

戀ひ戀ひて 逢ひたるものを 月しあれば 夜は隱るらむ しましはあり待て

こひこひて　あひたるものを　つきしあれば　よはこもるらむ　しましはありまて

左注 右, 大伴坂上郎女之母石川内命婦,[1] 与安陪朝臣蟲滿[2]之母安曇外命婦, 同居姉妹, 同氣之親[3]焉. 緣此郎女蟲滿, 相見不踈, 相談旣密. 聊作戲謌以爲問答也.

---

1 **命婦**: 五位 이상의 부인을 內命婦. 남편이 五位 이상인 부인을 外命婦라고 한다.
2 **蟲滿**: 무시마로(蟲麿)와 같음.
3 **同氣之親**: 자매로 형제와 같은 친밀함이 있다. 동복이지만 이시카하(石川)와 야스마로(安麿)로 이름이 다르다.

오호토모노 사카노우헤노 이라츠메(伴坂上郎女)의 노래 2수

666 안 만난 지가/ 그리 오래 되지도/ 않은 것인데/ 이리 심하게 나는/ 그리워하는 것일까

해설

그대를 만나지 않은 지 그다지 오래 되지도 않았는데 마치 그대를 오랫동안 보지 못한 것처럼 어쩌면 이다지도 심하게 나는 그대를 그리워하는 것일까라는 내용이다.

667 그리워하다/ 이렇게 만난 것을/ 아직 달 있으니/ 밤이 깊은 것이죠/ 잠시 이대로 있지요

해설

계속 그리워하다 겨우 이렇게 만난 것을. 하늘에는 달이 있으니까 아직 깊은 밤이므로 날이 샐 때까진 시간이 있으니 잠시 이대로 있어 주세요라는 내용이다.

全集에서는 'しましはあり待て'를 '잠시 기다려 주세요'로 해석을 하였다.

좌주 위는, 오호토모노 사카노우헤노 이라츠메(大伴坂上郎女)의 어머니인 이시카하(石川) 內命婦와 아베노 아소미 무시마로(安陪朝臣蟲麿)의 어머니 아즈미(安曇) 外命婦는 함께 살던 자매로 친한 사이였다. 그래서 郎女와 蟲麿는 자주 만나 서로 이야기를 하고 하였으므로 이에 장난기어린 연애 노래를 지어서 주고받은 것이다.

厚見王謌一首[1]

668 朝尒日尒 色付山乃 白雲之 可思過 君尒不有國

朝に日に[2] 色づく山の 白雲[3]の 思ひ過ぐべき 君にあらなくに

あさにけに いろづくやまの しらくもの おもひすぐべき きみにあらなくに

春日王[4]謌一首 [志貴皇子之子 母曰多紀皇女也]

669 足引之 山橘[5]乃 色丹出与 語言繼而 相事毛將有

あしひきの 山橘の 色に出でよ 語らひ繼ぎて 逢ふこともあらむ

あしひきの やまたちばなの いろにいでよ かたらひつぎて あふこともあらむ

---

1 謌一首: 여성의 입장에서 부른 유희적인 사랑의 노래.
2 朝に日に: 아침 햇살에 빛나는 색채, 낮 동안의 아름다운 색들이 하루하루 아름답게 변하는 산.
3 白雲: 구름은 문맥상으로는 '思ひ過ぐ'에 이어지지만 君을 상징한다.
4 春日王: 243번가의 작자와는 다르다.
5 山橘: 자금우, 붉은 열매를 맺음. 앵도, 망개같이 작은 빨간 열매이다.

아츠미노 오호키미(厚見王)의 노래 1수

668 매일 아침에/ 단풍이 드는 산의/ 흰구름 같이/ 생각 사라져버릴/ 그대가 아닌 것을요

해설

매일 아침마다 날마다 단풍이 드는 산에 걸려 있는 흰구름이 사라져 없어져버리듯이 그대에 대한 나의 생각이 사라질 그대는 아닌 것이다라는 내용이다.

카스가노 오호키미(春日王)의 노래 1수 [시키노 미코(志貴황자)의 아들. 어머니는 타키노 히메미코(多紀皇女)이다]

669 (아시히키노)/ 산의 자금우 같이/ 확실히 하세요/ 남이 말해 주어서/ 만날 수도 있겠지요

해설

산의 자금우가 익어 색깔이 두드러지듯이, 남의 눈을 의식하여 억지로 숨기지 말고 사랑한다는 것을 얼굴빛과 태도에 확실하게 나타내세요. 그러면 남들이 말을 해주어서라도 만날 수도 있겠지요라는 내용이다.

湯原王謌一首[1]

670 月讀之 光二來益 足疾乃 山寸隔而 不遠國

月讀[2]の 光に來ませ あしひきの 山經隔りて 遠からなくに

つくよみの ひかりにきませ あしひきの やまきへなりて とほからなくに

和歌一首 [不審作者]

671 月讀之 光者淸 雖照有 或情 不堪念

月讀の 光は淸く 照らせれど 惑へる情[3] 堪へず思ほゆ[4]

つくよみの ひかりはきよく てらせれど まとへるこころ あへずおもほゆ

---

1 **謌一首**: 여성의 입장에서의 노래.
2 **月讀**: 달.
3 **惑へる情**: 맑은 달빛에 비해서 나의 마음은 혼미하다. 그러므로 달빛이 있어도 가기 힘들다는 뜻.
4 이 작품은 670번가에 대한 남성의 입장의 返歌를 즉흥적으로 창화한 노래.

유하라노 오호키미(湯原王)의 노래 1수

670 밤의 달님의/ 빛 받으며 오세요/ (아시히키노)/ 산길 사이에 있어/ 먼 것도 아니므로

해설

밤의 달빛을 받으며 오세요. 아주 험난한 산길이 두 사람의 집 사이에 가로놓여 있는 것도 아니므로 그다지 멀지도 않으니라는 내용이다.

全集에서는 '산이 가로막혀 있는 것도 아니어서 가까운 거리이므로'로 해석을 하였다. '산이 가로막혀서 먼 것도 아니므로'는 산이 가로 막혀 있으면 먼 것이지만 그런 것도 아니므로라는 뜻이다.

답한 노래 1수 [작자는 알 수 없다]

671 밤의 달님의/ 빛은 청명하게도/ 비추지마는/ 나의 혼란스런 맘/ 감당하기 힘드네

해설

밤에 달빛이 밝게 비추고 있지만 나의 혼란스러운 마음은 감당하기 힘드네라는 내용이다.

全集에서는 '不堪念'을 'まとえるこころ(惑心), おもひ(思)あへなくに'로 읽고 '혼란스러운 나의 마음으로는 찾아간다는 것은 생각도 할 수 없다'로 해석을 하였다.

注釋에서는 '不堪念'을 'まとふこころ(惑心) おもひ(思)あへなくに'로 읽고 '여러가지 혼란스러운 마음이므로 결심이 서지 않네요'로 해석을 하였다.

이렇게 해석을 하면 남성이 보통 여성을 찾아가는 것인데, 이 작품에서도 갈 생각이 별로 없다고 말하고 있으므로 남성의 작품이라 생각된다. 그런데 670번가의 답가이므로 남성이 남성에게 보낸 것이 된다. 그러므로 남녀간의 사랑의 노래라기보다는 注釋에서 설명하였듯이 남성간의 교유의 증답가로도 볼 수 있게 된다[『萬葉集注釋』 4, p.446].

安倍朝臣蟲麿謌一首

672 倭文手纏[1] 數[2]二毛不有 壽持 奈何幾許 吾戀渡

倭文手纏 數にもあらぬ[3] 命もち 何かここだく わが戀ひわたる

しつたまき　かずにもあらぬ　いのちもち　なにかここだく　わがこひわたる

大伴坂上郎女謌二首

673 眞十鏡 磨師心乎 縱者 後介雖云 驗將在八方

まそ鏡 磨ぎし心を ゆるしなば 後に言ふ[4]とも 驗あらめやも

まそかがみ とぎしこころを ゆるしなば　のちにいふとも しるしあらめやも

1 **手纏**: 손에 감는 장식. 팔찌.
2 **數**: 불교 용어(존재라는 뜻)를 일본어화한 것인가.
3 **數にもあらぬ**: 비하한 것.
4 **後に言ふ**: 이것저것 후회하여 말함.

아베노 아소미 무시마로(安倍朝臣蟲麿)의 노래 1수

672 (시츠타마키)/ 수에 들지 못하는/ 목숨 가지고/ 뭣 땜에 이다지도/ 나는 그리워하나

해설

간단한 무늬만 들어있는 일본 천으로 만든 팔찌와 같이, 제대로 된 가치 있는 것 축에 들지도 못하는 목숨을 가지고 무엇 때문에 나는 이렇게 그리워하는 것일까라는 내용이다.

'倭文'은 일본 문양이라는 뜻이다. 당시 한국과 중국으로부터 수입한 직물이 화려한 무늬의 고급한 것이었음에 비해 일본 직물은 간단한 문양만 있는 것이었다. '手纏'는 손목에 차는 장식품이다. 대부분 금은이나 구슬과 같은 보석으로 하는 것인데 '倭文'으로 했다는 것은 아주 보잘 것 없는 조잡한 것이라는 뜻이다.

오호토모노 사카노우헤노 이라츠메(大伴坂上郎女)의 노래 2수

673 (마소카가미)/ 굳게 닫았던 마음/ 느슨히 풀면/ 뒤에 후회하여도/ 소용이 있을 것인가

해설

남성을 절대 만나지 않을 것이라고 생각하고 굳게 닫았던 마음을 열어서 남성에게 일단 몸을 맡겨 버리면 나중에 후회를 하여 말해도 무슨 소용이 있을 것인가라는 내용이다.

注釋에서는 '後尒雖云'을 '후에 피차 말을 해도'로 해석을 하였다.

674 眞玉付 彼此兼手 言齒五十戸常 相而後社 悔二破有跡五十戸

眞玉つく を[1]ちこち[2]かねて[3] 言はいへど 逢ひて後こそ 悔にはありと言へ

またまつく をちこちかねて ことはいへど あひてのちこそ くいにはありといへ

中臣女郎贈大伴宿祢家持謌五首

675 娘子部四 咲澤二生流 花勝見 都毛不知 戀裳摺香聞

をみなへし[4] 佐紀澤に生ふる 花かつみ[5] かつても知らぬ 戀もするかも

をみなへし さきさはにおふる はなかつみ かつてもしらぬ こひもするかも

---

1 **眞玉つく を**: '眞玉'の 緖(を)를 '오치코치(をちこち)'의 '오(を)'에 연결시켰다.
2 **をちこち**: 遠(장래)近(현재).
3 **かねて**: 마음이 변할 리가 없는 것처럼 장래 일을 지금에 맞추어서.
4 **をみなへし**: '女郎花の咲き'의 '咲き(사키)'가, 지명 '佐紀(사키)'와 발음이 같으므로 연결된 것이다. 佐紀澤은 水上池(奈良市) 등에 흔적이 남아 있다.
5 **花かつみ**: 창포인가. 앞의 'をみなへし'와 함께 자기 투영이 있다.

674 (마타마츠쿠)/ 오랫동안이라고/ 이야기 하지만/ 일단 맺어진 후는/ 꼭 후회가 있다 하지요

해설

예쁜 구슬과 같은 번지르르한 말을 늘어놓으며, 앞으로 오랫동안 사랑할 것이라고 당신은 말을 하고 있지만 일단 맺어진 후에는 반드시 후회하게 된다고 하는 것이지요라는 내용이다.

全集에서도 '당신은 지금의 일뿐만 아니라 미래의 일까지 겸해서'로 해석을 하였다.

그리고 '오치코치(をちこち)'는 보통 공간에 사용하지만 이 작품에서는 시간에 사용하였는데 미래와 현재를 나타낸다고 하였다[全集『萬葉集』1, p.360].

나카토미노 이라츠메(中臣女郎)가 오호토모노 스쿠네 야카모치(大伴宿禰家持)에게 보낸 노래 5수

675 (오미나헤시)/ 사키(佐紀) 못에 피어 있는/ 창포꽃처럼/ 이전에는 몰랐던/ 사랑도 하는 걸까

해설

사키(佐紀)못에 나 있는 창포꽃처럼, 이전에는 전연 몰랐던 사랑도 하는 것일까요라는 내용이다.

'하나카츠미(花かつみ)'는 『만엽집』 작품 중에서 이 작품에만 보인다. 무슨 꽃인지 확실하게 알 수 없지만 못 속에 핀다는 것 등으로 미루어 대체로 창포꽃으로 추정되고 있다. 이 작품에서 '花かつみ'가 나오는 것은 '카츠미(かつみ)'의 '카츠(かつ)'와, 이전이라는 뜻의 '카츠테모(かつても)'의 'かつ'가 발음이 같기 때문에 연결된 것이다.

676 海底 奥乎深目手 吾念有 君二波將相 年者經十方

海の底 奧を深めて[1] わが思へる 君には逢はむ 年は經ぬとも

わたのそこ　おきをふかめて　わがもへる　きみにはあはむ　としはへぬとも

677 春日山 朝居雲乃 欝 不知人尒毛 戀物香聞

春日山 朝ゐる雲の おほほしく[2] 知らぬ人[3]にも 戀ふるものかも

かすがやま　あさゐるくもの　おほほしく　しらぬひとにも　こふるものかも

---

1 **奧を深めて**: 沖은 바다 밑. 마음 깊이서 생각한다는 뜻. 마음에 감추는 것은 아니다.
2 **おほほしく**: 구름의 상태를 마음의 울적함에 비유.
3 **知らぬ人**: 친하게 교제를 하지 않는 사람.

676 바다 속같이/ 마음속 아주 깊이/ 내 사모하는/ 당신과 꼭 만나죠/ 비록 몇 년 후라도

해설

깊은 바다처럼 그렇게 마음속 아주 깊이 내가 사모하는 당신과, 비록 몇 년 뒤가 된다고 하더라도 꼭 만나지요라는 내용이다.

677 카스가(春日) 산의/ 아침 구름과 같이/ 맘 울적하게/ 교제도 없는 사람/ 사랑하는 것일까

해설

카스가(春日) 산에 아침에 걸려 있는 구름처럼 만나 보지도 못한 사람을 가망도 없이 무작정 사랑을 하는 것일까라는 내용이다.

678 直相而 見而者耳社 靈剋 命向 吾戀止眼

直に逢ひて 見て[1]ばのみこそ たまきはる 命に向ふ[2] わが戀止まめ

ただにあひて みてばのみこそ たまきはる いのちにむかふ わがこひやまめ

679 不欲常云者 將强哉吾背 菅根之 念亂而 戀管母將有

否と言はば 强ひめやわが背 菅の根[3]の 思ひ亂れて 戀ひつつもあらむ

いなといはば しひめやわがせ すがのねの おもひみだれて こひつつもあらむ

---

1 逢ひて 見て: '逢う(만나다)'와 '見る(보다)'의 구별이 있다.
2 命に向ふ: 목숨이 극한에 이르다.
3 菅の根: 길게 흐트러졌다는 뜻이다.

678 실제로 만나서/ 함께 잠을 잔다면/ (타마키하루)/ 목숨을 다해서 건/ 내 사랑 그치겠죠

해설

실제로 그대를 만나서 함께 잠을 잔다면 그때에야 비로소 목숨을 다해서 내가 사랑한 그 사랑이 그치겠지요라는 내용이다. 즉 직접 만나지 않으면 목숨을 건 사랑을 계속 할 것이라는 뜻이다.

全集에서는 '逢ひて 見て'를, '직접 만나 본 그때에야말로'로 해석을 하였다.

679 싫다고 하시면/ 어찌 떼를 쓸까요/ 골풀 뿌린양/ 생각 혼란한 채로/ 그리워할 뿐이지요

해설

싫다고 하시면 어찌 무리하게 떼를 쓸 수 있을까요. 떼를 쓰지도 못하고 골풀 뿌리가 마구 엉키어 있듯이 그렇게 생각이 혼란한 채로 그대를 혼자서 그리워할 뿐이랍니다라는 내용이다. 체념하겠다는 소극적인 자세이다.

全集에서는 '싫다고 하시면 떼를 쓸까요 그대 (스가노네노) 생각 혼란한 채로 그리워하고 있지요'로 해석을 하였다. 떼를 쓰겠다는 내용이 된다.

大伴宿祢家持与交遊[1]別謌三首

680 盖毛 人之中言 聞可毛 幾許雖待 君之不來益

けだしくも 人の中言 聞せかも ここだく[2]待てど 君の來まさぬ

けだしくも　ひとのなかごと　きかせかも　ここだくまてど　きみがきまさぬ

681 中々尓 絶年云者 如此許 氣緒尓四而 吾將戀八方

なかなかに 絶ゆと[3]し言はば かくばかり 氣の緒に[4]して 吾戀ひめやも

なかなかに たゆとしいはば かくばかり いきのをにして わがこひめやも

682 將念 人尓有莫國 懃 情盡而 戀流吾毳

思ふらむ 人にあらなくに ねもころに 情盡して[5] 戀ふるわれかも

おもふらむ　ひとにあらなくに　ねもころに　こころつくして　こふるわれかも

---

1 **交遊**: 友人. 이별을 슬퍼하는 노래.
2 **ここだく**: 심하게.
3 **絶ゆと**: 헤어지자고 상대방이 말하는 것은 아니다.
4 **氣の緒に**: 목숨으로
5 **情盡して**: 여러 가지 생각을 하고.

오호토모노 스쿠네 야카모치(大伴宿禰家持)가 友人과 작별했을 때의 노래 3수

680 틀림이 없이/ 남의 중상 하는 말/ 들은 거겠죠/ 이렇게 기다려도/ 그대 오지를 않네

해설

이렇게 기다려도 그대가 오지 않는 것을 보면, 아마도 그대는 틀림없이 다른 사람이 나에 대해 중상하는 말을 들은 것 같군요라는 내용이다.

全集에서는 '케다시쿠모(けだしくも)'를 '혹시 어쩌면'으로 해석을 하였다.

681 더더군다나/ 헤어지자 말하면/ 이렇게까지/ 목숨을 다하여서/ 그리워 할 것인가

해설

더군다나 그대가 나와 헤어지자고 말한다면 이렇게까지 목숨을 다하여서 그리워 할 것인가요라는 내용이다.

682 생각해주는/ 사람도 아닌 것을요/ 친절하게도/ 마음을 다하여서/ 사랑하는 나인가

해설

나를 생각해 주는 사람도 아닌데 친절하게도 이렇게 마음을 다해서 당신을 사랑하고 있는 나인가라는 내용이다.

이 3수는 작자가 여성에게 보내는 사랑의 노래 같지만 제목에 드러나 있듯이 남성 친구를 향한 노래이다. 그러므로 작자가 여성의 입장에서 쓴 것이다.

大伴坂上郎女謌七首

683 謂言之 恐國曾 紅之 色莫出曾 念死友

いふ言の[1] 恐き國そ 紅の[2] 色にな出でそ 思ひ死ぬとも

いふことの　かしこきくにそ　くれなゐの　いろにないでそ　おもひしぬとも

684 今者吾波 將死与吾背 生十方 吾二可緣跡 言跡云莫苦荷

今は吾は 死なむ[3]よわが背 生けりとも われに寄るべし[4]と 言ふといはなくに

いまはあは　しなむよわがせ　いけりとも　われによるべしと　いふといはなくに

---

1 **いふ言の**: 남이 하는 말. 언령신앙과는 무관하다.
2 **紅の**: 吳(쿠레)의 藍. 홍화, 잇꽃. 여름에 붉은 꽃이 핀다.
3 **死なむ**: 의지.
4 **寄るべし**: 당연의 추량.

오호토모노 사카노우헤노 이라츠메(大伴坂上郎女)의 노래 7수

683 사람들 말이/ 무서운 나랍니다/ (쿠레나이노)/ 눈에 띄게 마세요/ 그리워 죽더라도

해설

사람들 소문이 무서운 나라이므로 나에 대한 사랑을 사람들이 눈치 챌 정도로 붉은 색처럼 얼굴에 표시가 나게 드러내지 말아요. 차라리 그리움에 지쳐서 죽을지라도라는 내용이다.

'いふ言の 恐き國ぞ'를, 全集에서는 '언령의 마력이 무서운 나라'라고 보았다. 그런데 제4구에 '色にな出でそ'라고 하였으므로 언령과는 무관한 것임을 알 수 있다. 얼굴에 드러내면 사람들이 눈치를 채고 이러쿵저러쿵 말이 많고 시끄러우니 조심하라고 하는 뜻으로 보는 것이 좋을 듯하다.

紅花는 붉은 색이라기보다 노란 국화 꽃 비슷한 느낌이다. 그 꽃의 받침쪽 부분은 붉은 색을 띤 것도 있다.

684 이제는 나는/ 죽어버리죠 그대/ 살아 있어도/ 내게 들를 것이라고/ 말하는 것도 아니니

해설

그대여 나는 이제 죽어버리고만 싶네요. 내가 살아있다고 해도 나를 찾아올 것이라고 그대가 말을 하지 않으니 이렇게 사랑의 고통을 당하기보다는요라는 내용이다.

685 人事 繁哉君之 二鞘之 家乎隔而 戀乍將座

人言を 繁みか君の 二鞘の 家を隔りて 戀ひつつをらむ

ひとごとを　しげみかきみの　ふたさやの　いへをへなりて　こひつつをらむ

686 比者 千歲八往裳 過与 吾哉然念 欲見鴨

このころは 千歲や往きも 過ぎぬる[1]と われやしか思ふ 見まく欲りかも[2]

このころは　ちとせやゆきも　すぎぬると　われやしかもふ　みまくほりかも

1 **千歲や往きも 過ぎぬる**: 천년도 지났다고.
2 **見まく欲りかも**: 보고 싶으므로. 관용구. '카모(かも)'는 영탄적 의문 → 4307번가.

685 사람들 소문/ 시끄러워서 그대/ (후타사야노)/ 집을 따로 하고서/ 그리고 있는가요

해설

그대와 나에 대한 사람들의 소문이 시끄러워서 그대는 바로 가까이 있으면서 그리워하고만 있는가요라는 내용이다.

全集에서는 '사람들 소문이 무성하므로 그대는 집을 바로 사이에 두고 그리워만 할 뿐 만나지 말고 있자고 하는 것입니까'라고 해석하였다.

그런데 注釋에서는 원문 제2구의 '繁哉君之'를 桂本의 '繁哉君乎'를 취하여 '많아선가 그대를'이라고 목적격으로 해석을 하였다. 그렇게 되면 제5구 '恋ひつつまさむ'의 주체는 작자가 되어 '내가 그대를 그리워하고 있을까요'가 된다.

'二鞘'는 칼을 칼집에 두 자루 넣은 것인데 칸이 나뉘어져 있으므로 바로 옆에 있기는 하지만 서로 닿지 않으므로 지척지간인 집를 수식하는 상투어인 枕詞로 사용되었다.

686 요 근래에는/ 마치 일 천년이나/ 지난 듯하네/ 나의 생각일까요/ 보고 싶어 그렇죠

해설

요 근래에는 마치 천 년이라는 세월이 지난 것처럼 길게 생각이 되네요. 그대를 만나고 싶다고 생각해서 그렇겠지요라는 내용이다.

687 愛常 吾念情 速河之 雖塞々友 猶哉將崩

愛しと わが思ふこころ 速河の 塞きに塞く[1]とも なほや崩たむ[2]

うつくしと　わがもふこころ　はやかはの　せきにせくとも　なほやこぼたむ

688 青山乎 横煞雲之 灼然 吾共咲爲而 人二所知名

青山を 横切る雲の 著ろく われと咲まして 人に知らゆな

あをやまを よこぎるくもの いちしろく われと亥まして ひとにしらゆな

---

1 **塞きに塞く**: 춥다를 강조한 표현이다.
2 **崩たむ**: 마음이 주어.

687 그리웁다고/ 내가 생각는 마음/ 급물살 같이/ 막고 또 막아 봐도/ 다시 무너지네요

해설

당신을 사랑하는 내 마음은 물살이 빠른 강과 같아서, 그 강물을 막고 또 막아도 다시금 무너져서 계속 사랑할 수밖에 없네요라는 내용이다.

688 푸르른 산을/ 떠가는 구름처럼/ 두드러지게/ 내게 미소 지어서/ 남이 알게 마세요

해설

푸른 산을 가로지르는 흰구름 같이, 남의 눈에 확실하게 띄도록 나에게 미소를 지어서 우리 두 사람 관계를 남이 알게 되는 일이 없도록 하세요라는 내용이다. 초록과 흰색의 대비를 가지고 말하였다.

689 海山毛 隔莫國 奈何鴨 目言乎谷裳 幾許乏寸

海山も 隔たらなくに 何しかも 目言をだにも[1] ここだ乏しき

うみやまも へだたらなくに なにしかも めことをだにも ここだともしき

大伴宿祢三依悲別謌一首

690 照日乎 闇尒見成而 哭涙 衣沾津 干人無二

照らす日[2]を 闇に見なして 泣く涙 衣濡らしつ 干す人[3]無しに

てらすひを やみにみなして なくなみた ころもぬらしつ ほすひとなしに

---

1 **目言をだにも** : 보는 것, 말하는 것만이라도. '서로 나누는 것'이 생략되었다.
2 **照らす日** : 달을 어둠으로 보는 것이 일반적인데 그것을 더욱 강조한 표현이다.
3 **干す人** : 여성. 가버린 상대를 뜻한다 → 1698·1717번가

689 바다도 산도/ 가로막지 않는데/ 무엇 때문에/ 만나 얘기 듣는 것/ 이리 뜸한 건가요

해설

두 사람 사이에 바다나 산이 가로 막고 있는 것도 아니어서 쉽게 만날 수 있는데도 어찌해서 그대를 만나서 이야기를 듣고 하는 것도 이렇게 뜸해야만 하는 것인가요라는 내용이다.

오호토모노 스쿠네 미요리(大伴宿禰三依)가 이별을 슬퍼한 노래 1수

690 빛나는 해도/ 어둠으로 보고는/ 우는 눈물에/ 옷을 적셔버렸네/ 말려 줄 사람 없이

해설

밝게 빛나며 떠가는 해도 어두움으로 보고 우는 눈물에 나는 옷을 적셔버렸네. 젖은 옷을 말려 줄 사람도 없어서라는 내용이다. 낮에 우는 것이 된다.

注釋 · 私注 · 大系에서도 제1구를 '照らす日'로 보았다. 그러나 全集 · 全注에서는 '照る月'로 보고 '밝은 달을 어두움으로 볼 정도로 우는 눈물에 옷을 적셔버렸네. 말려 줄 사람도 없이'로 해석을 하였다. 밤에 우는 것이 된다.

大伴宿祢家持贈娘子謌二首

691 百礒城之 大宮人者 雖多有 情尒乗而 所念妹

ももしきの 大宮人[1]は 多かれど 情に乗りて 思ほゆる妹

ももしきの おほみやひとは おほかれど こころにのりて おもほゆるいも

692 得羽重無 妹二毛有鴨 如此許 人情乎 令盡念者

表邊なき 妹にもあるかも かくばかり 人の情を 盡さす[2]思へば

うはへなき いもにもあるかも かくばかり ひとのこころを つくさくおもへば

---

1 **大宮人**: 궁녀.
2 **情を 盡さす**: '情を盡す'는 이것저것 생각을 하는 것. 그녀가 나의 마음을 소진시킨다는 뜻이다.

오호토모노 스쿠네 야카모치(大伴宿禰家持)가 娘子에게 보낸 노래 2수

691 (모모시키노)/ 궁궐의 궁녀들은/ 많이 있지만/ 내 마음 사로잡아/ 잊을 수 없는 그대

화려한 궁궐에 궁녀들은 많이 있지만 내 마음을 사로잡아버려서 잊을 수 없는 그대여라는 내용이다.

692 매정스러운/ 당신인 것 같으네요/ 이렇게까지/ 여러 가지 생각을/ 하게 하는 것 보니까

해설

그대는 참으로 매정스러운 사람인 것 같네요. 만나주지 않고 이렇게 나로 하여금 많은 생각을 하며 그리워하게 하는 것을 보니라는 내용이다.

大伴宿祢千室謌一首 [未詳[1]]

693 如此耳 戀哉將度 秋津野尓 多奈引雲能 過跡者無二

かくのみし 戀ひや渡らむ 秋津野[2]に たなびく雲の 過ぐ[3]とは無しに

かくのみし こひやわたらむ あきつのに たなびくくもの すぐとはなしに

廣河女王謌二首 [穗積皇子之孫女 上道王之女也]

694 戀草乎 力車二 七車 積而戀良苦 吾心柄

戀草[4]を 力車[5]に 七車[6]積みて 戀ふらく わが心から[7]

こひくさを ちからぐるまに ななぐるま つみてこふらく わがこころから

---

1 **未詳**: 계보에 대해서의 미상인가.
2 **秋津野**: 吉野, 宮瀧 부근.
3 **過ぐ**: 들을 흘러 지나가듯이 잊혀짐.
4 **戀草**: 사랑의 '쿠사구사(くさぐさ: 여러가지)'를 발음이 같은 草(くさ)에 비유했다.
5 **力車**: 뜻은 힘 있는 수레. 거대한 물건을 운반하는데 사용한다.
6 **七車**: '七'은 多數라는 뜻이다.
7 **心から**: 마음에 의해서.

오호토모노 스쿠네 치무로(大伴宿禰千室)의 노래 1수 [아직 잘 알 수 없다]

693 이렇게로만/ 사랑해야 하는가/ 아키츠(秋津) 들에/ 걸린 구름과 같이/ 잊혀지지도 않고

해설

이런 식으로만 사랑을 계속 해야 하는 것인가. 아키츠(秋津) 들에 뻗어 있는 구름처럼 당신에 대한 그리움이 사라지는 일도 없이라는 내용이다.

히로카하노 오호키미(廣河女王)의 노래 2수 [호즈미노 미코(穗積황자)의 손녀이며 카미츠미치노 오호키미(上道王)의 딸이다]

694 사랑이란 풀/ 짐 싣는 수레에다/ 일곱 대나요/ 실은 듯 사랑함도/ 내 마음에서지요

해설

사랑이라는 풀을 뒤에서 미는 짐 싣는 수레에다 일곱 대나 실은 듯 격렬하게 사랑하는 것도 나의 마음 때문이지요라는 내용이다.

사랑의 마음이 강한 것을 풀에다 비유하였다. 그리고 많은 풀을 실은 것처럼 강한 마음으로 사랑하는 것도 자업자득이라는 뜻이다.

695 戀者今葉 不有常吾羽 念乎 何處戀其 附見繋有

戀は今は あらじ[1]とわれは 思ひしを 何處の戀そ 摑みかかれる

こひはいまは あらじとわれは おもひしを いづくのこひそ つかみかかれる

石川朝臣廣成謌一首[2] [後賜姓高圓朝臣氏也]

696 家人尓 戀過目八方 川津鳴 泉之里尓 年之歴去者

家人[3]に 戀ひ過ぎめやも かはづ鳴く 泉の里[4]に 年の歴ぬれば[5]

いへびとに こひすぎめやも かはづなく いづみのさとに としのへぬれば

1 **戀は今は あらじ**：사랑할 연령은 이미 지났다는 뜻. 이른바 사랑을 할 상태가 아니라는 것.
2 **謌一首**：노래 내용으로 보아, 天平 11년(739)부터 天平 16년 무렵의 작품.
3 **家人**：가족.
4 **泉の里**：泉川 옆의 마을. 즉 久邇京.
5 **年の歴ぬれば**：1년이 지나지 않아도 해가 바뀌면 '年がふる'라고 하였다.

695 사랑은 더 이상/ 없을 것이라 나는/ 생각한 것을/ 어디에서 사랑이/ 따라붙어 왔는가

해설

이 나이에 이제 사랑이라고 하는 것은 나에게는 없을 것이라 생각했는데 어디에 숨어 있던 사랑이 따라붙어 와서 이렇게 고통스럽게 하는가라는 내용이다.

이시카하노 아소미 히로나리(石川朝臣廣成)의 노래 1수 [후에 高圓朝臣의 氏를 받았다]

696 집의 가족들/ 생각 않을 수 있나/ 개구리 우는/ 이즈미(泉) 마을에서/ 해를 보내다 보니

해설

집에 남겨두고 온 사람들을 그리워하지 않을 수 있나요. 개구리가 우는 이즈미(泉) 마을에서 해를 보내며 근무를 하다 보니라는 내용이다.

大伴宿祢像見謌三首

697 吾聞尒 繋莫言 苅薦之 亂而念 君之直香曾

わが聞きに かけて[1]な言ひそ 苅薦の 亂れて思ふ 君が直香そ[2]

わがききに かけてないひそ かりこもの みだれておもふ きみがただかそ

698 春日野尒 朝居雲之 敷布二 吾者戀益 月二日二異二

春日野に 朝ゐる雲の しくしくに[3] 吾は戀ひまさる 月に日に異に

かすがのに あさゐるくもの しくしくに あはこひまさる つきにひにけに

699 一瀬二波 千遍障良比 逝水之 後毛將相 今尒不有十方

一瀬には 千たび障らひ 逝く水の 後にも逢はむ 今にあらずとも

ひとせには ちたびさはらひ ゆくみづの のちにもあはむ いまにあらずとも

---

1 **わが聞きに かけて**: 내 귀에 들리게.
2 이 작품은 여성의 입장에서의 노래이다.
3 **雲の しくしくに**: 구름이 겹치듯이 그리운 마음이 찌르듯이 아픔.

오호토모노 스쿠네 카타미(大伴宿禰像見)의 노래 3수

697 내게 들리게/ 말하지 마시지요/ 벤 풀과 같이/ 애타게 생각하는/ 그 사람 일 말이죠

해설

나의 귀에 들리도록 그 사람의 이야기를 하지 말아 주세요. 베어 놓은 풀이 이리저리 어지럽게 흐트러져 있듯이, 소문을 들으면 나의 마음도 흐트러져서 갈피를 잡을 수 없을 정도로 어지러운 마음으로 애타게 생각하는 그 사람의 모습입니다라는 내용이다.

이 작품은 제삼자에게 말하는 형식으로 되어 있지만 실제로는 사랑하는 사람에게 자신의 마음을 전달하고 있는 것이다.

698 카스가(春日) 들의/ 아침 구름과 같이/ 계속하여서/ 내 사랑 깊어지네/ 세월 갈수록 더욱

해설

카스가(春日) 들판에 떠 있는 아침 구름처럼 내 사랑은 옅어지기는커녕 세월 갈수록 더욱 오히려 계속해서 깊어지네요라는 내용이다.

699 한 여울에서/ 천 번이나 막혀도/ 물 흘러가듯/ 후에라도 만나죠/ 꼭 지금이 아니라도

해설

한 개의 여울에서 물이 천 번도 더 방해를 받으면서도 흘러가지만 결국에는 한 곳에서 만나듯이 후에라도 만나지요. 당장 지금은 아니라도 말이지요라는 내용이다.

大伴宿祢家持到娘子之門[1]作謌一首

700 如此爲而哉 猶八將退 不近 道之間乎 煩參來而

かくしてや なほや退らむ[2] 近からぬ 道の間を なづみ參來て

かくしてや なほやまからむ ちかからぬ みちのあひだを なづみまゐきて

河內百枝娘子贈大伴宿祢家持謌二首

701 波都波都尒 人乎相見而 何將有 何日二箇 又外二將見

はつはつに 人を相見て いかならむ[3] いづれの日にか また外に[4]見む

はつはつに ひとをあひみて いかならむ いづれのひにか またよそにみむ

---

1 **門**: 문은 연애가 시작되는 최초의 장소로서 유형적으로 사랑의 노래에 등장한다.
2 **退らむ**: 문에서 거부당하여 돌아감.
3 **いかならむ**: 의문을 두 번 사용할 정도로 공허하고 삭막한 날.
4 **外に**: 재회를 기대하기 어려운데다 더구나 멀리서.

오호토모노 스쿠네 야카모치(大伴宿禰家持)가 娘子의 문에 이르러 지은 노래 1수

700 이렇게 와도/ 역시 돌아가네요/ 가깝지 않은/ 길을 아주 힘들게/ 애써 찾아왔건만

해설

이렇게 찾아와도 역시 돌아가게 되네요. 그대를 만나기 위해 가깝지도 않은 먼 길을 아주 힘들게 애써 이렇게 찾아왔는데도 말이지요라는 내용이다.

娘子가 만날 의사가 없었으므로 작자가 이 노래를 불렀다고 생각된다.

카후치노 모모에노 오토메(河內百枝娘子)가 오호토모노 스쿠네 야카모치(大伴宿禰家持)에게 보낸 노래 2수

701 아주 잠시만/ 그대 만났었는데/ 언제가 되면/ 어느 날이 되면은/ 곁에서라도 볼까

해설

정말 아주 잠시만 만났었는데 언제 어느 날이 되면 다시 곁에서라도 볼 수 있을까요라는 내용이다.

702 夜干玉之 其夜乃月夜 至于今日 吾者不忘 無間苦思念者

ぬばたまの その夜の月夜 今日までに われは忘れず 間なくし思へば

ぬばたまの そのよのつくよ けふまでに われはわすれず まなくしおもへば

巫部麻蘇娘子謌二首

703 吾背子乎 相見之其日 至于今日 吾衣手者 乾時毛奈志

わが背子を 相見しその日 今日までに[1] わが衣手は 乾る時も無し

わがせこを あひみしそのひ けふまでに わがころもでは ふるときもなし

1 **わが背子を 相見しその日 今日までに**: 702번가와 같은 유형의 표현법이다.

702 (누바타마노)/ 그날 밤의 달을요/ 오늘까지도/ 나는 잊지 못해요/ 끊임없이 사랑하니

해설

그대를 만났던 어두운 그날 밤의 달을 지금까지도 나는 잊지 않고 있답니다. 당신을 끊임없이 계속 생각하고 있기 때문이지요라는 내용이다.

카무나기베노 마소노 오토메(巫部麻蘇娘子)의 노래 2수

703 그대 당신을/ 만났던 그날부터/ 오늘까지도/ 나의 옷소매는요/ 마를 날이 없네요

해설

당신을 만났던 그날부터 오늘까지 나의 옷소매는 당신을 그리워하여 흘리는 눈물에 늘 젖어 있어서 마를 날이 없네요라는 내용이다.

704 栲縄之 永命乎 欲苦波 不絶而人乎 欲見社

栲縄[1]の 永き命を 欲りしくは 絶えずて人を 見まく欲りこそ

たくなはの ながきいのちを　ほりしくは　たえずてひとを　みまくほりこそ

大伴宿祢家持贈童女歌一首

705 葉根蘰[2] 今爲妹乎 夢見而 情内二 戀渡鴨

葉根蘰 今する妹を 夢に見て[3] 情のうちに 戀ひ渡るかも

はねかづら いまするいもを いめにみて こころのうちに こひわたるかも

1 **栲縄**: 닥나무 등으로 만든 섬유로 꼰 끈.
2 **葉根蘰**: 새로 성인이 된 사람이 하였던, 잎과 나무뿌리로 만든, 머리에 얹는 장식인가.
3 **夢に見て**: 소녀가 작자를 사랑해서 작자의 꿈에 나타났다.

704 (타쿠나하노)/ 길고 긴 목숨을요/ 원하는 것은/ 언제까지나 그대/ 만나고 싶어서죠

해설

길게 꼰 끈처럼 그렇게 긴 목숨을 원하는 것은 계속하여 오래도록 그대를 만나고 싶기 때문이지요라는 내용이다.

오호토모노 스쿠네 야카모치(大伴宿禰家持)가 童女에게 보낸 노래 1수

705 머리 장식을/ 하고 있는 소녀가/ 꿈에 보여서/ 그후 마음 은근히/ 그리워한답니다

해설

성인이 되어 머리 장식을 하고 있는 소녀가 꿈에 나타났으므로 그 후로 그녀가 나를 사랑한다고 생각하여 나도 마음 은근히 그 소녀를 그리워한답니다라는 내용이다.

全集에서는 '머리에 꽃으로 만든 장식을 지금 하고 있는 당신을 꿈에서 보고 마음속으로 그리워한답니다'로 해석하였다. '하네(はね)'는 정확하게 어떤 것인지 알 수 없으나 창포로 만든 것이라고 보기도 한다. 그리고 머리 장식을 하고 있다는 것을 성년식과 관련지어서 생각하기도 한다.

童女來報謌一首

706 葉根蘰 今爲妹者 無四呼 何妹其 幾許戀多類

葉根蘰 今する妹は 無かりしを いづれの妹そ 幾許戀ひたる

はねかづら いまするいもは なかりしを いづれのいもそ ここだこひたる

粟田女娘[1]子贈大伴宿禰家持謌二首

707 思遣 爲便乃不知者 片垸[2]之 底曾吾者 戀成尒家類 [注土垸之中]

思ひ遣る すべの知らねば 片垸の 底にそわれは 戀ひなりにける [土垸の中にしるせり[3]]

おもひやる すべのしらねば かたもひの そこにそわれは こひなりにける「つちのもひのなかに しるせり」

1 **粟田女娘**: 아하타(粟田)氏의 처녀로 粟田女라 불렸던가.
2 **片垸**: 뚜껑이 없는 흙으로 만든 식기. 물을 담는다. 짝사랑과 발음이 거의 같으므로 짝사랑을 의미한다.
3 **土垸の中にしるせり**: 흙으로 된 식기 밑에 노래를 써서 보내었다.

童女가 답하여 보낸 노래 1수

706 머리 장식을/ 하고 있는 사람은/ 없었는데도/ 어디의 아가씨가/ 그대 사랑하나요

해설

머리 장식을 하고 있는 사람은 없었는데도 어느 처녀가 그대를 사랑한다고 그대는 그렇게 착각을 하고 있는가요라는 내용이다.

全集에서는 '어느 처녀를 그렇게 생각하는가요'라고 해석을 하였다.

아하타메노 오토메(粟田女娘子)가 오호토모노 스쿠네 야카모치(大伴宿禰家持)에게 보낸 노래 2수

707 생각 벗어날/ 방법을 모르므로/ 짝사랑이란/ 구덩에 빠진 나는/ 애가 타버렸지요 [이 노래는 카타모이(土垸) 속에 쓰여 있었다]

해설

그리움이라는 사랑의 고통에서 벗어날 수 있는 방법을 모르므로 짝사랑이라는 구덩이에 빠진 나는 애간장이 타버렸답니다라는 내용이다.

708 復毛將相 因毛有奴可 白細之 我衣手二 齋留目六

またも逢はむ 因もあらぬか 白栲の わが衣手に 齋ひ[1]とどめむ

またもあはむ　よしもあらぬか　しろたへの　わがころもでに　いはひとどめむ

豊前國娘子大宅女[2]謌一首 [未審姓氏]

709 夕闇者 路多豆多頭四 待月而 行吾背子 其間尓母將見

夕闇は 路たづたづし 月待ちて いませわが背子 その間にも見む

ゆふやみは　みちたづたづし　つきまちて　いませわがせこ　そのまにもみむ

---

1 **齋ひ**: 원래 주문을 외워서 비는 것.

2 **豊前國娘子大宅女**: 豊前國 출신의 오호야케메(大宅女)라고 불리는 처녀. 大宅은 氏인가.

708 또 다시 만나볼/ 방법이 없는 걸까/ (시로타헤노)/ 옷소매로 빌어서/ 머물게 하고 싶네

해설

또 다시 그대를 만나볼 방법이 없는 것일까요. 새하얀 옷소매로 신에게 빌어서 그대를 내 곁에 머물게 하고 싶네요라는 내용이다.

全集에서는 '또 다시 만나볼 방법이 없는 것인가. 새하얀 내 입은 옷소매에 그대를 소중히 모셔 두지요' 라고 해석을 하였다.

토요노 미치노쿠치(豊前)국의 娘子 오호야케메(大宅女)의 노래 1수 [아직 성씨는 확실하지 않다]

709 저녁 어둠엔/ 길이 불안하지요/ 달을 기다려/ 가시지요 그대여/ 그 사이 함께 있죠

해설

달이 뜨기 전까지 저녁에는 어두워서 길이 불안하지요. 달이 뜨기를 기다려서 뜨면 돌아가세요. 그대여. 그동안이라도 당신의 얼굴을 보고 있지요라는 내용이다.

남성을 조금이라도 더 붙잡아 두고 싶은 마음을 이렇게 표현하였다.

安都扉娘子[1]謌一首

710 三空去 月之光二 直一目 相三師人之 夢西所見

み空行く 月の光に ただ一目 あひ見し人の 夢にし見ゆる[2]

みそらゆく つきのひかりに ただひとめ あひみしひとの いめにしみゆる

丹波大女娘子[3]謌三首

711 鴨鳥之 遊此池尓 木葉落而 浮心 吾不念國

鴨鳥の 遊ぶ[4]この池に 木の葉落ちて 浮きたる心[5] わが思はなくに

かもどりの あそぶこのいけに このはおちて うきたるこころ わがおもはなくに

---

1 **安都扉娘子**: 安都扉氏의 一族, 安都扉氏의 낭자인가.

2 **夢にし見ゆる**: 이 경우는 내 생각에 의해서 상대방이 꿈에 보인 것이다. 이 작품은 작자가 유녀라면 情景에 切情이 있다.

3 **丹波大女娘子**: 丹波는 출신지, 大女는 통상적으로 부르는 호칭인가.

4 **遊ぶ**: 새가 노는 것 때문에 더욱더 나뭇잎이 흔들리는가.

5 **浮きたる心**: 바람기. 변덕스러운 마음.

아토노 토비라노 오토메(安都扉娘子)의 노래 1수

710 하늘 떠가는/ 달빛을 받으면서/ 단지 한번만/ 보았던 사람이요/ 꿈에 보이는군요

해설

하늘을 떠가는 달이 비추는 달빛을 받으면서 단 한번 보았을 뿐인 사람을 내가 사랑하게 된 것인지 그 사람이 내 꿈에 보이는군요라는 내용이다.

타니하노 오호메노 오토메(丹波大女娘子)의 노래 3수

711 물오리 새가/ 놀고 있는 이 연못에/ 잎 떨어져 떴듯/ 변덕스런 마음을/ 난 안 가지고 있어요

해설

물오리 새가 놀고 있는 이 연못에 나뭇잎이 떨어져 떠 있듯이 바람기 많은 변덕스런 마음을 나는 가지고 있지 않아요라는 내용이다.

'우키타루(浮きたる)'는 '나뭇잎이 떠 있는 것', '바람기 있는 것'의 이중적 의미를 나타낸다.

712 味酒呼 三輪之祝[1]我 忌杉 手觸之罪歟 君二遇難寸

味酒を 三輪の祝が いはふ杉[2] 手觸れし罪か 君に逢ひがたき

うまさけを　みわのはふりが　いはふすぎ　てふれしつみか　きみにあひがたき

713 垣穗成 人辭聞而 吾背子之 情多由多比 不合頃者

垣穗[3]なす 人言聞きて わが背子が 情たゆたひ 逢はぬこのころ

かきほなす ひとごとききて わがせこが こころたゆたひ あはぬこのころ

1 **祝**: 神主, 禰宜(네기) 다음의 신관. 奏詞를 담당하며 각국의 神戶(카무베) 출신에서 선발하여 임명한다.
2 **いはふ杉**: 三輪의 神衫. 여기서는 실제로 손을 댄 것이 아니고, 범하기 어려운 일을 범한 일. 예를 들면 고귀한 사람을 사랑하는 일. → 517번가
3 **垣穗**: 사이를 가로막는 담은 아니다. 穗(호)는 매우 높다는 인상을 나타내기 위하여 첨부한 것이다.

712 (우마사케오)/ 미와(三輪)신사 神官이/ 섬기는 삼목/ 손을 댄 벌인가요/ 그대 만나기 힘드네

해설

맛있는 神酒라는 뜻인 미와(三輪)의 神官이 神木으로 제사를 지내는 삼나무에 내가 손을 대었기 때문에 받는 벌인가요. 그대를 만나기 참 힘드네요라는 내용이다.

그대가 고귀해서 참 만나기 힘드네요라는 뜻이다.

713 담장과 같은/ 사람들 말 듣고서/ 당신께서는/ 마음 주저하면서/ 만나지 않는 요즘

해설

마치 둘러친 담장처럼 주위를 둘러싼 무성한 사람들의 소문을 듣고 당신은 마음 주저하면서 나를 만나 주지 않는 요즈음이네요라는 내용이다.

大伴宿祢家持贈娘子謌七首

714 情尓者 思渡跡 縁乎無三 外耳爲而 嘆曾吾爲

情には 思ひ渡れど 縁を無み 外のみにして 嘆そわがする

こころには　おもひわたれど　よしをなみ　よそのみにして　なげきそわがする

715 千鳥鳴 佐保乃河門之 清瀨乎 馬打和多思 何時將通

千鳥鳴く 佐保の河門の 清き瀨を[1] 馬うち渡し 何時か通はむ[2]

ちどりなく さほのかはとの きよきせを うまうちわたし いつかかよはむ

716 夜晝 云別不知 吾戀 情盖 夢所見寸八

夜晝と いう別知らに[3] わが戀ふる 心はけだし 夢に見えきや

よるひると　いふわきしらに　わがこふる　こころはけだし　いめにみえきや

---

1 **千鳥鳴く 佐保の河門の 清き瀨を**: 공상 속의 아름다운 풍경.

2 **何時か通はむ**: 빨리 다니고 싶다는 뜻.
이하 작품들은 짝사랑이 주제이다. 의도적인가.

3 **夜晝と いう別知らに**: 낮과 밤의 구별을 모른다는 뜻이 아니다. 구별도 관계없이라는 뜻이다.

오호토모노 스쿠네 야카모치(大伴宿禰家持)가 娘子에게 보낸 노래 7수

714 마음으로는/ 생각하고 있지만/ 만날 수 없어/ 먼 곳에 있으면서/ 탄식만을 나는 하네

해설

마음으로는 그대를 생각하고 있지만 그대를 만날 수가 없어서 먼 곳에 있으면서 이렇게 나는 탄식만 하고 있답니다라는 내용이다.

715 새들이 우는/ 사호(佐保) 강 나루목의/ 맑은 여울을/ 말을 타고 건너서/ 언제 갈 수 있을까

해설

새들이 우는 사호(佐保) 강 나루목의 맑은 여울을 말을 타고 건너가서 언제 그대 곁에 갈 수 있을까요라는 내용이다.

716 낮과 밤도요/ 구분을 하지 않고/ 내가 그리는/ 마음 혹시 그대의/ 꿈에 보였는가요

해설

밤낮 할 것 없이 계속 내가 그대를 그리워하는 마음이 혹시 그대의 꿈에 보였습니까라는 내용이다.

全集에서는 '낮과 밤을 구별도 못할 정도로 내가 그리워하고 있는 마음은 혹시 당신의 꿈에 보였는가요'로 해석을 하였다.

717 都礼毛無 將有人乎 獨念尒 吾念者 惑毛安流香

つれも無く[1] あるらむ人を 片思に われし[2]思へば 侘しくもあるか

つれもなく あるらむひとを かたもひに われしおもへば わびしくもあるか

718 不念尒 妹之咲儛乎 夢見而 心中二 燎管曾呼留

思はぬに[3] 妹が笑ひ[4]を 夢にみて 心のうちに[5] 燃えつつそをる

おもはぬに いもがゑまひを いめにみて こころのうちに もえつつそをる

---

1 **つれも無く**: '츠레나시(連なし)'로 무관계.
2 **片思に われし**: 자신 혼자만 생각하는 것을 강조.
3 **思はぬに**: 의외로.
4 **妹が笑ひ**: 계속 웃고 있는 모습.
5 **心のうちに**: 몸은 가만히 있지만.

717 내 생각일랑/ 안중에 없는 사람/ 짝사랑하며/ 나만 생각하자니/ 무척 괴로운 일이네

해설

내 생각을 전연 하고 있지 않은 사람을 나 혼자 일방적으로 짝사랑하며 그리워하는 것은 무척 괴로운 일이네라는 내용이다.

718 생각지 않게/ 그녀의 웃는 얼굴/ 꿈에서 보고/ 마음속에서 나는/ 사랑에 불타네요

해설

생각지도 않았는데 뜻밖에 그녀의 웃는 얼굴을 꿈에서 보고는 마음속에서 그녀에 대한 그리움의 불이 타오르고 있답니다라는 내용이다.

719　大夫跡 念流吾乎 如此許 三礼二見津礼 片念男責

大夫と 思へるわれを かくばかり みつれにみつれ 片思をせむ

ますらをと　おもへるわれを　かくばかり　みつれにみつれ　かたもひをせむ

720　村肝之 情摧而 如此許 余戀良苦乎 不知香安類良武

村肝の 情くだけて かくばかり わが戀ふらくを 知らずかあるらむ

むらぎもの　こころくだけて　かくばかり　わがこふらくを　しらずかあるらむ

719 대장부라고/ 생각했던 나지만/ 이렇게까지/ 마음 혼란스럽게/ 짝사랑 하는 걸까

해설

자신을 마음이 강한 대장부라고 생각했던 나였는데 이렇게까지 마음이 혼란스럽도록 짝사랑을 하는 것일까라는 내용이다.

720 (무라기모노)/ 마음이 찢어져서/ 이렇게까지/ 내가 그리는 것을/ 당신은 모르시나요

해설

마음이 갈기갈기 찢어져서 이렇게까지 고통스럽게 내가 그대를 사랑하고 있는 것을 그대는 모르나요라는 내용이다.

獻天皇謌一首 [大伴坂上郎女 在佐保宅作也[1]]

721 足引乃 山二四居者 風流無三 吾爲類和射乎 害目賜名

あしひきの 山にしをれば 風流なみ わがする業を とがめたまふな

あしひきの やまにしをれば みやびなみ わがするわざを とがめたまふな

大伴宿祢家持謌一首

722 如是許 戀乍不有者 石木二毛 成益物乎 物不思四手

かくばかり 戀ひつつあらずは 石木にも ならましものを 物思はずして

かくばかり こひつつあらずは いはきにも ならましものを ものもはずして

1 在佐保宅作也 : 사카노우헤노 이라츠메(坂上郎女)는 만년에 出仕하였다고 생각되는데, 이 때 고향 집에 있으면서 무슨 행사가 있었을 때 지은 것인가, 아니면 무슨 물건을 바쳤던 것인가.

천황(聖武천황)에게 바친 노래 1수 [오호토모노 사카노우헤노 이라츠메(大伴坂上郎女)가 사호(佐保) 집에 있을 때 지었다]

721 (아시히키노)/ 산에 있기 때문에/ 풍류가 없는/ 제가 하는 이 일을/ 나무라지 마세요

해설

궁중에서 먼 산에 있기 때문에 풍류가 없는 제가 하는 이러한 일을 나무라지 마세요라는 내용이다.
작자가 사호(佐保)산 근처에서 주운 나무 열매나 마 등을 바칠 때 이 노래를 함께 바쳤다고 보는 설이 있다.

오호토모노 스쿠네 야카모치(大伴宿禰家持)의 노래 1수

722 이렇게까지/ 그리워하기보다는/ 돌이나 나무/ 되었으면 좋겠네/ 고통당하지 않고

해설

이렇게까지 그리워하고 있기보다는 차라리 감정이 없는 돌이나 나무가 되었으면 좋겠네. 그러면 상대방을 생각하느라 이런 고통을 당하는 일도 없을 것이므로라는 내용이다.

大伴坂上郎女 從跡見庄[1] 賜[2]留宅[3]女子大嬢[4]謌一首幷短哥

723 常呼二跡 吾行莫國 小金門尒 物悲良尒 念有之 吾兒乃刀自緒 野干玉之 夜晝跡不言 念二思 吾身者瘦奴 嘆丹師 袖左倍沾奴 如是許 本名四戀者 古鄕尒 此月期呂毛 有勝益土

常世[5]にと わが行かなくに 小金門[6]に もの悲しらに おもへりし わが兒の刀自[7]を ぬばたまの 夜晝といはず 思ふにし わが身は瘦せぬ 嘆くにし 袖さへ濡れぬ かくばかり もとなし戀ひば 故鄕[8]に この月ごろも ありかつましじ

とこよにと わがゆかなくに をかなとに ものかなしらに おもへりし あがこのとじを ぬばたまの よるひるといはず おもふにし わがみはやせぬ なげくにし そでさへぬれぬ かくばかり もとなしこひば ふるさとに このつきごろも ありかつましじ

---

1 **跡見庄**: 소유의 田地.
2 **賜**: 경어. 쓰는 사람을 의식한 것을 반영하고 있다. 야카모치(家持)인가.
3 **宅**: 佐保 집.
4 **大嬢**: 사카노우헤노 오호오토메(坂上大嬢).
5 **常世**: 他界. 極樂土와 동시에 생전·사후의 세계.
6 **小金門**: 견고한 문이라는 뜻인가. 東歌의 예 등, 모두 금속으로 된 문이라고는 해석하기 힘들다.
7 **わが兒の刀自**: 坂上大嬢을 가리킨다.
8 **故鄕**: 跡見을 말함. 飛鳥는 아니지만 널리 도읍에 대해 말한 것인가.

오호토모노 사카노우헤노 이라츠메(大伴坂上郎女)가 토미(跡見)의 농장에서 집에 있는 딸 오호오토메(大孃)에게 보낸 노래 1수와 短歌

723 저세상으로/ 가는 것도 아닌데/ 대문 앞에서/ 매우 슬픈 얼굴로/ 생각고 섰던/ 나의 딸인 그대를/ (누바타마노)/ 밤과 낮 상관이 없이/ 생각하느라/ 내 몸은 야위었네/ 탄식하느라/ 소매조차 젖었네/ 이렇게까지/ 초조히 사랑하면/ 이곳 고향에/ 몇 달간 지내기가/ 견디기 힘들겠네

해설

영원한 저세상으로 가는 것도 아닌데 대문 앞에서 매우 슬픈 얼굴을 하고 서 있던 내 딸을 밤낮 없이 생각하느라 나의 몸은 야위었네. 탄식하며 눈물을 흘리느라고 옷 소매조차 눈물에 다 젖었네. 이렇게까지 불안하게 딸을 생각하고 그리워하면 고향인 토미(跡見)이지만 이곳에 몇 달 정도조차도 있기가 힘들겠네 라는 내용이다.

집에 두고 온 딸을 그리워하는 내용이다. 'この月ごろも'를 全集에서는 '이 한 달로'로 해석하였다.

反謌

724 朝髮[1]之 念亂而 如是許 名姉之戀曾 夢尒所見家留

朝髮の 思ひ亂れて かくばかり 汝姉が[2]戀ふれそ 夢に見えける

あさかみの　おもひみだれて　かくばかり　なねがこふれそ　いめにみえける

左注 右謌, 報賜大孃進謌也.

1 **朝髮**: 제3구에 의하면 오호오토메(大孃)가 보낸 노래에 있는 표현이라고 생각된다.
2 **汝姉が**: 汝兄(나세)의 對. 본래는 남성도 그렇게 불렀다.

反歌

724 (아사카미노)/ 생각 흐트러져서/ 이렇게까지/ 네가 그리워하니/ 꿈에 보인 것이네

해설

아침에 자고 일어났을 때 머리카락이 헝클어진 것처럼 마음이 산란해져서 생각하고 있으니 내 꿈에 네가 보인 것이네라는 내용이다.

'朝髮'은 아침에 자고 일어났을 때 머리카락이 헝클어져 있듯이라는 의미로 '亂れ'를 수식하는 상투어인 枕詞이다.

좌주 위의 노래는 오호오토메(大嬢)가 보낸 노래에 답하여 보낸 노래이다.

獻天皇歌二首 [大伴坂上郎女 在春日[1]里作也]

725 二寶鳥乃 潛池水 情有者 君尒吾戀 情示左祢

にほ鳥の 潛く池水[2] 情あらば 君[3]にわが戀ふる 情示さね

にほどりの かづくいけみづ こころあらば きみにわがこふる こころしめさね

726 外居而 戀乍不有者 君之家乃 池尒住云 鴨二有益雄

外にゐて[4] 戀ひつつあらずは 君が家の 池に住むとふ 鴨にあらましを

よそにゐて こひつつあらずは きみがいへの いけにすむとふ かもにあらましを

---

1 **春日**: 春日의 坂上에 살았던 것인가. 사호(佐保)는 오호토모(大伴)의 저택.
2 **潛く池水**: '潛く' 동작에 의해 '池水'는 표면의 물이 아니라 수면 밑의 물임을 알 수 있다.
3 **君**: 천황.
4 **外にゐて**: 떨어져서 산다는 뜻 외에 겸손의 뜻도 담겨 있다.

천황(聖武천황)에게 바친 노래 2수 [오호토모노 사카노우헤노 이라츠메(大伴坂上郎女)가 카스가(春日) 마을에 있을 때 지었다]

725 논병아리가/ 들어가는 연못 물/ 마음이 있다면/ 대왕 향한 내 사랑/ 대왕께 보여주게

해설

논병아리가 자맥질하는 연못 물이여. 너에게도 마음이 있다면 왕을 향한 내 사모하는 마음을 내보여 주게나. 겉으로 보이지 않아도 바닥 깊이 있는 그대와 같은 내 마음을이라는 내용이다.

726 멀리에서만/ 그리워하지를 말고/ 님이 사는 집의/ 연못에 산다 하는/ 오리라도 되고 싶네

해설

이렇게 멀리에서만 그리워하고 있기보다는 차라리 그대가 사는 집의 연못의 오리라도 되어서 그대 곁에 있고 싶네라는 내용이다.

大伴宿祢家持贈坂上家大嬢謌二首 [離絶數年 復會相聞往來[1]]

727 萱草 吾下紐[2]尒 著有跡 鬼乃志許草 事二思安利家理

忘れ草 わが下紐に 着けたれど 醜[3]の醜草 言にしありけり

わすれくさ わがしたひもに つけたれど しこのしこくさ ことにしありけり

728 人毛無 國母有粳 吾妹兒与 携行而 副而將座

人も無き 國もあらぬか 吾妹子と 携ひ行きて 副ひてをらむ

ひともなき くにもあらぬか わぎもこと たづさひゆきて たぐひてをらむ

---

1 **離絶數年 復會相聞往來**: 야카모치(家持)와 오호오토메(大嬢)와의 증답은 581번가~584번가까지에 보이고 그 다음에는 없다. 581번가~584번가는 天平 3년 직후에 지어진 것으로 생각되며, 지금 727번가 以下는 天平 11, 2년에 지어진 것으로 생각되므로 8년 정도 단절이 있다.

2 **下紐**: 바지나 치마의 끈.

3 **醜**: 추남 등 강력한 것에도 사용되고, 매도할 때도, 상대를 어떻게 할 수 없어 기가 찰 때에도 사용한다. 현대어의 매도하는 말 무엇에든 다 해당하는 것은 아니다.

오호토모노 스쿠네 야카모치(大伴宿禰家持)가 사카노우헤(坂上)가의 오호오토메(大嬢)에게 보낸 노래 2수 [수년 동안 헤어져 있었지만 다시 만나서 소식을 서로 전하였다]

727 원추리를요/ 나의 치마 끈에다/ 달았지마는/ 화가 나는 이 풀은/ 이름뿐이었답니다

해설

사랑의 괴로움을 잊게 해준다는 원추리를 치마 끈에다 달았지만 이 얄미운 풀은 이름뿐이었고 그 효과가 전혀 없어서 사랑의 괴로움은 여전하다는 내용이다.

728 아무도 없는/ 나라는 없는 걸까/ 당신과 둘이/ 손을 잡고 가서는/ 함께 있고 싶네요

해설

사람이 살지 않는 나라는 없는 걸까. 그렇다면 당신과 둘이 손을 잡고 그곳에 가서 다른 사람들의 눈을 의식할 필요가 없이 마음껏 함께 있고 싶네요라는 내용이다.

大伴坂上大嬢贈大伴宿祢家持謌三首

729 玉有者 手二母將卷乎 鬱瞻乃 世人有者 手二卷難石

玉ならば 手にも卷かむを うつせみの 世の人なれば 手に卷きがたし

たまならば　てにもまかむを　うつせみの　よのひとなれば　てにまきがたし

730 將相夜者 何時將有乎 何如爲常香 彼夕相而 事之繁裳

逢はむ夜は 何時もあらむを 何すとか かの夕あひて 言の繁しも

あはむよは　いつもあらむを　なにすとか　かのよひあひて　ことのしげしも

731 吾名者毛 千名之五百名尓 雖立 君之名立者 惜社泣

わが名はも 千名の五百名に 立ちぬとも 君が名立たば 惜しみこそ泣け[1]

わがなはも　ちなのいほなに　たちぬとも　きみがなたたば　をしみこそなけ

1 이 작품과 반대 내용의 노래는 93번가이다.

오호토모노 사카노우헤노 오호오토메(大伴坂上大嬢)가 오호토모노 스쿠네 야카모치(大伴宿禰家持)에게 보낸 노래 3수

729 구슬이라면/ 손에라도 찰 것을/ (우츠세미노)/ 세상 사람이므로/ 손에 차기 어렵네

해설

그대가 만약 구슬이라면 손에라도 차고 있으면서 헤어지지 않고 있을 것인데 현실 세계의 사람이므로 손에 차기 힘드네요라는 내용이다.

730 만나는 밤은/ 언제나 있는 것을/ 무엇 때문에/ 그날 밤에 만나서/ 소문 무성한가요

해설

만날 수 있는 밤은 그날 밤이 아니라도 언제라도 있는 것인데 무엇 때문에 하필이면 그날 밤에 만나서 이렇게 시끄럽게 사람들의 입에 오르내리게 된 것인가요라는 내용이다.

731 나의 소문은/ 아무리 시끄럽게/ 난대도 좋아/ 그대 이름 나면은/ 분해서 눈물 나네

해설

나의 바람기 많은 이름은 아무리 소문이 높게 난다고 해도 좋지만 그대의 바람기 많은 이름이 소문나면 분해서 눈물이 납니다라는 내용이다.

又 大伴宿祢家持和謌三首

732 今時者四 名之惜雲 吾者無 妹丹因者 千遍立十方

今しはし 名の惜しけくも われは無し 妹によりては 千たび[1]立つとも

いましはし なのをしけくも われはなし いもによりては ちたびたつとも

733 空蟬乃 代也毛二行 何爲跡鹿 妹尒不相而 吾獨將宿

うつせみの 世やも二行く[2] 何すとか 妹に逢はずて わが獨り寢む

うつせみの よやもふたゆく なにすとか いもにあはずて わがひとりねむ

734 吾念 如此而不有者 玉二毛我 眞毛妹之 手二所纏乎

わが思ひ かくてあらずは[3] 玉にも[4]が 眞も妹が 手に卷かれむを

わがおもひ かくてあらずは たまにもが まこともいもが てにまかれむを

---

1 千たび : 오호오토메(大孃)의 말을 받아서 한 표현이다.
2 二行く : 다른 세계가 둘 있는가로 해석하는 경우도 있다.
3 **わが思ひ かくてあらずは** : 내 생각이 이러하지 아니하고, 앞의 노래의 내용을 받아서 말한 것이다.
4 玉にも : 729번가의 내용을 받은 것이다.

또 오호토모노 스쿠네 야카모치(大伴宿禰家持)가 답한 노래 3수

732 이젠 더 이상/ 이름 아까운 일도/ 나는 없어요/ 당신과의 일로써/ 아무리 소문나도

해설

나는 이제 이름을 중시하는 일 따위는 없어졌어요. 당신과의 일로 아무리 사람들 입에 내 소문이 오르내리더라도라는 내용이다.

733 이 세상에서/ 두 번 살 수 있을까/ 무엇 때문에/ 그대 만나지 않고/ 나 혼자 잘 건가요

해설

인간 세상이라는 것은 두 번 올 수 있는 것이 아니지요. 그런 한 번 뿐인 인생인데 무엇 때문에 당신을 만나지 않고 혼자서 잘 수가 있을까요라는 내용이다.

734 혼자 자면서/ 괴로워하기보다/ 구슬이고파/ 그럼 정말 그대의/ 손에 채워질 텐데

해설

그대 없이 혼자 자면서 외로움에 괴로워하기보다는 차라리 구슬이라도 되고 싶네. 그러면 그대가 팔목에 늘 차고 있을 것이므로 외로움도 없을 것인데라는 내용이다.

全集에서는 '나의 생각이 이럴바에는 차라리 구슬이 되었으면 좋겠네. 그렇다면 정말 당신의 손목에 감길 수 있도록'으로 해석하였다.

同坂上大嬢贈家持謌一首

735 春日山 霞多奈引 情具久 照月夜尓 獨鴨念

春日山 霞たなびき 情ぐく[1] 照れる月夜に 獨りかも寢む

かすがやま かすみたなびき こころぐく てれるつくよに ひとりかもねむ

又家持和坂上大嬢謌一首

736 月夜尓波 門尓出立 夕占問 足卜乎曾爲之 行乎欲焉

月夜には 門に出で立ち 夕占問ひ 足卜[2]をそせし 行かまくを欲り

つくよには かどにいでたち ゆふけとひ あうらをそせし ゆかまくをほり

---

1 情ぐく : 마음이 울적한 상태.

2 足卜 : 미상. 可否를 마음에 정해놓고 일정한 거리를 걸어 목표로 하는 곳에 닿는 발로 판단을 하는 것인가. 『일본서기』 神代에 '첫 潮水가 발을 적실 때 곧 足占을 친다'라는 기록이 있다.

마찬가지로 사카노우헤노 오호오토메(坂上大嬢)가 야카모치(家持)에게 보낸 노래 1수

735 카스가(春日) 산엔/ 아지랑이 피었고/ 울적하게도/ 달이 비추는 밤에/ 혼자 자는 것인가

해설

그러잖아도 카스가(春日)산에 아지랑이가 피고 달이 희미하게 비추어 마음이 울적한 밤에 이렇게 그대 없이 혼자서 외롭게 자는 것인가라는 내용이다.

또 야카모치(家持)가 사카노우헤노 오호오토메(坂上大嬢)에게 답한 노래 1수

736 달밤에는요/ 문 밖에 나가 서서/ 저녁 점치고/ 발 점치고 했지요/ 그대 곁 가고 싶어

해설

달밤에는 문밖에 나가서 사람들의 말을 듣고 점을 치기도 하고, 발로 점을 치기도 했지요. 당신을 만나러 가고 싶어서요라는 내용이다.

'夕占'는 420번가에서도 나왔는데 해질녘에 네거리에 나가서 사람들의 말을 듣고 그것으로 길흉을 점치는 것이다.

'足占'은 목표를 정해놓고 거기까지 걸어가면서 발걸음에 맞추어 길흉의 말을 반복하면서 가다가 발걸음이 목표물에서 끝날 때 해당되는 말로 정하는 것이다. 예를 들면 이 작품의 경우는 작자는 아마도 '갈까요', '말까요'를 반복하면서 걸으면서 점을 쳤다고 생각해 볼 수 있다. 우리나라에서도 어린이들이 두 개 중에서 한 개를 선택해야 할 때, 손가락으로 번갈아 가리키면서 '이것으로 할까요', '저것으로 할까요'를 말하다가 마지막 말이 끝날 때 손가락이 가리킨 것을 선택하는 경우와 비슷하다고 볼 수 있다.

同大孃贈家持謌二首

737 云々 人者雖云 若狹道乃 後瀨山[1]之 後毛將會君

かにかくに 人は言ふとも 若狹道の 後瀨の山の 後も逢はむ君

かにかくに ひとはいふとも わかさぢの のちせのやまの のちもあはむきみ

738 世間之 苦物尒 有家良之 戀尒不勝而 可死念者

世間し[2] 苦しき[3]ものに ありけらし 戀に堪へずて 死ぬべく思へば

よのなかし くるしきものに ありけらし こひにあへずて しぬべくおもへば

---

1 **後瀨山**: 福井縣의 남쪽, 小濱市의 城山. 國府(小濱市府中)의 서남쪽에 있으며 도읍 사람들에게 알려졌다.
2 **世間し**: 'し'는 강조.
3 **苦しき**: 현대어의 '苦しい'보다 본의 아님이 강하다. 제5구의 죽음과 대응.

마찬가지로 오호오토메(大嬢)가 야카모치(家持)에게 보낸 노래 2수

737 이러저러쿵/ 사람들 말하지만/ 와카사지(若狭道)의/ 노치세(後瀨)산과 같이/ 후에도 만나요 그대

해설

이러쿵저러쿵 사람들은 우리 사이에 관해 말도 많지만, 그래도 그런 것 상관하지 말고 와카사지(若狭道)의 노치세(後瀨)산 이름과 같이 후에도 만나요. 그대여라는 내용이다.

'노치세(後瀨)' 산 이름의 '노치(後)'가 '後(노치)'와 발음이 같으므로 연상한 것이다.

738 세상 속에서/ 살아간다는 것은/ 고통스럽네/ 그리움 못 견뎌서/ 죽을 것만 같아서요

해설

이 세상에서 살아간다는 것은 고통스러운 일이네요. 그대를 만나지 못하고 그리워하다보니 그 그리움을 견디기 힘들어 죽을 것만 같아서요라는 내용이다.

全集에서는 '사랑이라는 것은 이 세상 속에서 고통스런 것인 것 같네요. 그리움을 견디지 못해서 죽을 것 같은 것을 생각하니까'라고 해석을 하였다.

又家持和坂上大嬢謌二首

739 後湍山 後毛將相常 念社 可死物乎 至今日毛生有

後瀨山 後も[1]逢はむと 思へこそ 死ぬべきものを[2] 今日までも生けれ

のちせやま のちもあはむと おもへこそ しぬべきものを けふまでもいけれ

740 事耳乎 後毛相跡 懃 吾乎令憑而 不相可聞

言のみを 後も逢はむと ねもころに われを頼めて 逢はざらむかも

ことのみを のちもあはむと ねもころに われをたのめて あはざらむかも

1 **後瀨山 後も**：737번가에 답한 것이다.
2 **死ぬべきものを**：738번가에 답한 것이다.

또 야카모치(家持)가 사카노우헤노 오호오토메(坂上大嬢)에게 답한 노래 2수

739 노치세(後瀨)처럼/ 후에도 만나려고/ 생각했기에/ 죽을 것 같은데도/ 오늘까지 살아 있죠

해설

노치세(後瀨)산 이름처럼 후에도 만나려고 생각을 했으므로 죽을 것만 같은데도 오늘까지지도 살아 있는 것이지요라는 내용이다.

740 말만으로는/ 후에 만납시다며/ 친절하게도/ 날 기대하게 하고/ 만나려고 하잖네

해설

그대가 말로는 후에도 만나자고 하여 지금 친절하게도 나로 하여금 그 말을 의지하여 기대하게 하고 있지만 만나 주지 않는 것은 아닌지요라는 내용이다.

更 大伴宿祢家持贈坂上大嬢謌十五首

741 夢之相者 苦有家里 覺而 掻探友 手二毛不所觸者

夢の逢は 苦しかりけり 覺きて[1] かき探れども 手にも觸れねば

いめのあひは　くるしかりけり　おどろきて　かきさぐれども　てにもふれねば

742 一重耳 妹之將結 帶乎尚 三重可結 吾身者成

一重のみ 妹が結ばむ[2] 帶をすら 三重結ぶべく わが身はなりぬ[3]

ひとへのみ　いもがむすばむ　おびをすら　みへむすぶべく　わがみはなりぬ

743 吾戀者 千引乃石乎 七許 頚二將繫母 神之諸伏[4]

わが戀は 千引の石を 七ばかり 首に懸けむも[5] 神のまにまに

わがこひは　ちびきのいはを　ななばかり　くびにかけむも　かみのまにまに

---

1 **覺きて**: 꿈에서 깨다.『유선굴』에 이러한 내용이 있다.
2 **一重のみ 妹が結ばむ**: 연인끼리 상대방의 옷끈을 묶어서 사랑을 맹세하는 풍습이 있었다.
3 **わが身はなりぬ**: 날마다 옷이 헐렁해지고 아침마다 띠가 느슨해진다는『유선굴』의 내용을 번안한 것이다.
4 **神之諸伏**: 한국의 柶戱(윷놀이)의 네 개의 윷가락이 모두 모두 엎어지면 가장 말을 빨리 달려갈 수 있는 것에 의한 戯書.
5 **千引の石を 七ばかり 首に懸けむも**: 결의를 말한다. 괴로움의 비유로 무게는 없다. '千'도 '七'도 다수를 말한다.

또 오호토모노 스쿠네 야카모치(大伴宿禰家持)가 사카노우헤노 오호오토메(坂上大孃)에게 보낸 노래 15수

741 꿈에서 만남은/ 괴롭기만 하네요/ 눈이 떠져서/ 더듬어 찾았는데/ 손에 닿지 않으니

해설

꿈에서 만나는 것은 괴롭기만 하네요. 갑자기 눈이 떠져서 그대가 옆에 있는가 하고 더듬어 찾아보지만 손에 잡히지 않으므로라는 내용이다.

742 한 겹으로만/ 그대가 묶을 것인/ 허리띠조차/ 세 겹이 될 정도로/ 내 몸은 야위었네

해설

한 바퀴만 당신이 묶으면 되는 나의 허리띠조차 세 번 둘러야 할 정도로 내 몸은 야위어 버렸답니다. 당신을 그리워하느라고라는 내용이다.

743 나의 사랑은/ 천 명이 끌 큰 돌을/ 일곱 개라도/ 나의 목에 걸지요/ 신의 뜻하는 대로

해설

내가 당신을 사랑하는 사랑은 천 명이 끌어야 할 정도의 큰 돌을 일곱 개나 목에 건 것처럼 힘겹네요. 그렇지만 사랑을 이루기 위해서는 아무리 어려운 힘든 고통이라도 참아야지요. 모든 것은 신의 뜻에 맡깁니다라는 내용이다.

744 暮去者 屋戸開設而 吾將待 夢尓相見二 將來云比登乎

暮さらば 屋戸開け設けて われ待たむ 夢に相見に 來むといふ人を[1]

ゆふさらば　やどあけまけて　われまたむ　いめにあひみに　こむとふひとを

745 朝夕二 將見時左倍也 吾妹之 雖見如不見 由戀四家武

朝夕に 見む時さへや 吾妹子が 見とも見ぬごと なほ戀しけむ[2]

あさよひに　みむときさへや　わぎもこが　みともみぬごと　なほこほしけむ

746 生有代尓 吾者未見 事絶而 如是怦怜 縫流嚢者

生ける世に 吾はいまだ見ず 言絶えて かくおもしろく[3] 縫へる袋は[4]

いけるよに われはいまだみず ことたえて かくおもしろく ぬへるふくろは

---

1 이 작품과 거의 비슷한 내용이 『유선굴』에 있다.
2 이 작품에서 보고 싶다는 소원은, 만나게 되면 해결될 것인가라는 회의를 나타낸다.
3 **かくおもしろく**: 마음이 즐거운 상태.
4 **縫へる袋は**: 오호오토메(大嬢)가 보낸 선물. 주머니를 보내는 것은 苞(츠토)라고 하고, 물건을 싸서 보내는 것은 마음을 속에 담는다는 뜻이다.

744 저녁이 되면/ 문을 열어 놓고서/ 난 기다리죠/ 꿈에 만나기 위해/ 온다 하는 당신을

저녁이 되면 문을 열어 놓고 나는 기다리지요. 꿈에서 만나기 위해 온다고 하는 당신을요라는 내용이다.

745 아침저녁에/ 볼 수 있는 때에도/ 아무리 당신/ 보아도 안 본 듯이/ 역시 그리워지네

해설

이렇게 아침저녁으로 그대를 볼 수 있는데도, 아무리 보아도 마치 안 본 듯이 역시 그리워지네요라는 내용이다.

746 이 세상에서/ 나는 아직 본 적 없네/ 말할 수 없이/ 이렇게 훌륭하게/ 바느질한 주머닌

해설

이 세상에서는 나는 아직 본 적이 없네. 말로 표현할 수 없을 정도로 이렇게 훌륭하게 바느질을 잘 한 주머니는이라는 내용이다.

아마도 좋은 바느질 솜씨로 만든 주머니를 선물로 보낸 것에 대한 고마움을 표현한 것이라 생각된다.

747 吾妹兒之 形見乃服 下着而 直相左右者 吾將脫八方

吾妹子が 形見の衣[1] 下に着て 直に逢ふまでは われ脫かめやも

わぎもこが　かたみのころも　したにきて　ただにあふまでは　われぬかめやも

748 戀死六 其毛同曾 奈何爲二 人目他言 辭痛吾將爲

戀死なむ そこも同じぞ[2] 何せむに 人目他言 言痛みわがせむ

こひしなむ　そこもおやじぞ　なにせむに　ひとめひとごと　こちたみわがせむ

749 夢二谷 所見者社有 如此許 不所見有者 戀而死跡香

夢にだに 見えば[3] こそあらめ かくばかり 見えずしあるは 戀ひて死ねとか

いめにだに　みえばこそあらめ　かくばかり　みえずてあるは　こひてしねとか

1 **形見の衣**: 196번가 참조. 오호오토메(大嬢)의 선물.
2 **そこも同じぞ**: 'そこ'는 '戀死ぬ'를 받는다. 만나지 않고 있으며 죽을 것 같이 그리워하는 것이나, 만나서 소문이 나는 것이나 괴롭기는 마찬가지라는 내용이다.
3 **夢にだに 見えば**: 상대방의 생각에 의해서 꿈에 보임.

747 당신께서요/ 정표로 주신 옷을/ 속에다 입고/ 직접 만날 때까지는/ 벗을 일 있을까요

해설

그대를 생각하라고 그대가 나에게 준 옷을 속에다 입고 직접 만날 때까지 벗을 일이 있을 것인가. 절대로 벗지 않고 그대를 늘 생각할 것이다라는 내용이다.

748 그리워하다/ 죽는다면 똑같죠/ 무엇 때문에/ 남의 눈 남의 말을/ 내가 신경을 썼던가

해설

소문이 나는 것이 힘들어서 만나지 않고 있으면 그리움 때문에 죽을 것 같네요. 그러한 고통이나, 소문이 나서 고통스러운 것이나 마찬가지인데 무엇 때문에 사람들의 눈과 하는 말을 신경썼던 것일까요라는 내용이다.

全集에서는 '그리워하다가 죽는다면 그것도 마찬가지죠. 무엇 때문에 남의 눈 남의 말을 성가시다고 생각할 것인가요'로 해석을 하였다.

749 꿈에서라도/ 만난다면 좋을 것을/ 이렇게까지/ 보이지 않는 것은/ 戀死하라는 건가

해설

꿈에서라도 당신을 볼 수 있으면 그것으로 족한데. 이렇게 꿈에서도 보지 못하고 있으니 나에게 사랑의 고통으로 죽으라는 것인가요라는 내용이다.

750 念絶 和備西物尾 中々荷 奈何辛苦 相見始兼

思ひ絶え わびにしものを[1] なかなかに 何か苦しく 相見そめけむ

おもひたえ　わびにしものを　なかなかに　なにかくるしく　あひみそめけむ

751 相見而者 幾日毛不經乎 幾許毛 久流比尒久流必 所念鴨

相見ては 幾日も經ぬを[2] ここだくも 狂ひに狂ひ 思ほゆるかも

あひみては いくかもへぬを ここだくも くるひにくるひ おもほゆるかも

752 如是許 面影耳 所念者 何如將爲 人目繁而

かくばかり 面影のみに 思ほえば いかにかもせむ 人目繁くて

かくばかり おもかげのみに おもほえば　いかにかもせむ　ひとめしげくて

---

1 **思ひ絶え わびにしものを**: 수년 전의 일을 말한다.
2 **幾日も經ぬを**: 바로 요 근래 만날 수 있었는데.

750 체념하고서/ 쓸쓸히 있었는데/ 어찌 오히려/ 생각지도 않던 걸/ 다시 만난 것일까

해설

사랑의 불을 끄고 체념하고 쓸쓸히 있었는데, 오히려 어떻게 생각지도 않았는데 이렇게 다시 만나기 시작한 것일까라는 내용이다. 사랑의 고통을 다시 느끼게 된 것을 말한 것이다.

751 만나고 나서/ 며칠도 안 된 것을/ 이렇게까지/ 미칠 것만 같도록/ 생각하는 것일까

해설

만나고 난지 불과 며칠이 지나지도 않았는데, 다시 그대를 만나고 싶어 이렇게까지 미칠 것만 같도록 생각하는 것일까라는 내용이다.

752 이렇게까지/ 마음속에 생각나/ 그리워지니/ 어찌하면 좋을까/ 사람 눈은 많은데

해설

이렇게 그대가 마음속에 생각이 나서 그리워지니 어찌하면 좋을까요. 사람들 눈은 많은데라는 내용이다.

753 相見者 須臾戀者 奈木六香登 雖念弥 戀益來

相見ては[1] しましく戀は 和ぎむかと 思へどいよよ 戀ひまさりけり

あひみては しましもこひは なぎむかと おもへどいよよ こひまさりけり

754 夜之穗杼呂 吾出而來者 吾妹子之 念有四九四 面影二三湯

夜のほどろ[2] わが出でて來れば 吾妹子が 思へりしくし 面影に見ゆ

よのほどろ わがいでてくれば わぎもこが おもへりしくし おもかげにみゆ

755 夜之穗杼呂 出都追來良久 遍多數 成者吾胸 截燒如

夜のほどろ 出でつつ來らく 遍多く なればわが胸 截ち燒くごとし[3]

よのほどろ いでつつくらく たびまねく なればわがむね たちやくごとし

---

1 **相見ては**: 751번가와 마찬가지로 750번가를 받아서 노래한 것이다.
2 **ほどろ**: 미상. 동이 틀 무렵이라고 한다.
3 **胸 截ち燒くごとし**: 『유선굴』에 이러한 내용이 있다.

753 만나고 나서/ 잠시 동안 사랑은/ 진정될까고/ 생각했지만 더욱/ 그리움 더해지네

해설

그대를 만났으니 당분간은 사랑의 고통이 진정될 것이라고 생각을 했는데, 그런 생각과는 달리 오히려 만나지 않았을 때보다 더 그리워지네요라는 내용이다.

754 동틀 무렵에/ 집을 나와서 오면요/ 그대 당신이/ 울적해 하던 모습/ 자꾸 생각나네요

해설

동틀 무렵에 내가 당신의 집을 나오면 당신이 헤어지기가 싫어서 마음이 울적해져 있던 모습이 자꾸만 생각이 나서 마음이 아프네요라는 내용이다.

755 동틀 무렵에/ 나와서 오는 일이/ 많아지니까/ 내 가슴은 찢어져/ 타는 것만 같네요

해설

함께 계속 있지 못하고 동이 틀 무렵에 그대와 헤어져서 나오는 일이 많아지다 보니 내 가슴은 그리움에 찢어져 타는 것만 같네요라는 내용이다.

大伴田村家之大嬢贈妹坂上大嬢謌四首

756 外居而 戀者苦 吾妹子乎 次相見六 事計爲与

外にゐて 戀ふるは苦し 吾妹子を 繼ぎて相見む 事計せよ

よそにゐて こふるはくるし わぎもこを つぎてあひみむ ことはかりせよ

757 遠有者 和備而毛有乎 里近 有常聞乍 不見之爲便奈紗

遠くあらば わびてもあらむを 里近く 在りと聞きつつ 見ぬが術なさ

とほくあらば わびてもあらむを さとちかく ありとききつつ みぬがすべなさ

오호토모노 타무라(大伴田村)가의 오호오토메(大孃)가 여동생 사카노우헤노 오호오토메(坂上大孃)에게 보낸 노래 4수

756 만나고 싶다/ 생각하니 괴롭네/ 동생인 너를/ 계속 만날 수 있게/ 계획을 세워봐요

해설

그대를 만나고 싶다고 생각하니 빨리 만나지 못해 괴롭네. 동생인 그대를 계속 만날 수 있도록 계획을 잘 세워보세요라는 내용이다.

757 먼 곳에 있으면/ 단념이나 될 것인데/ 마을 가까이/ 있다고 들으면서/ 못 만나니 힘드네

해설

그대가 차라리 먼 곳에 있으면 만나기가 힘들 것이므로 단념이나 될 것인데, 마을 가까이에 있다고 들었는데 이렇게 못 만나고 있으니 힘드네요라는 내용이다.

758 白雲之 多奈引山之 高々二 吾念妹乎 將見因毛我母

白雲の たなびく山の 高高に わが思ふ妹を 見むよしもがも

しらくもの たなびくやまの たかだかに わがおもふいもを みむよしもがも

759 何 時尒加妹乎 牟具良布能 穢屋戸尒 入將座

いかならむ 時にか妹を 葎生の[1] きたなき屋戸に 入りいませなむ

いかならむ ときにかいもを むぐらふの きたなきやどに いりいませなむ

左注 右, 田村大孃坂上大孃, 並是右大辨大伴宿奈麿[2]卿之女也. 卿, 居田村里,[3] 号曰田村大孃. 但, 妹坂上大孃者, 母, 居坂上里. 仍曰坂上大孃. 于時姉妹諮問, 以謌贈答.

---

1 **葎生の**: 蓬生(쑥) 등과 마찬가지로 황폐한 뜻의 비하. 『일본서기』 神代에 汙穢를 'キタナキ(키타나키: 더럽다)'로 읽음.
2 **宿奈麿**: 오오토모노 스쿠나마로(大伴宿奈麿). 타무라노 오호오토메(田村大孃)는 전처의 딸이고, 사카노우헤노 오호오토메(坂上大孃)는 오토오토메(二孃)와 함께 후처 坂上郎女의 딸이다. 따라서 따로 살았다.
3 **居田村里**: 佐保의 서쪽, 지금의 法華寺 동쪽이라고 한다.

758 하얀 구름이/ 뻗어 있는 산같이/ 높이 목 빼고/ 내 사랑하는 동생을/ 만날 방법 없을까

해설

흰구름이 걸려 있는 높은 산같이 그렇게 높이 목을 빼고 내가 기다리는 사랑하는 동생인 너를 만날 방법이 없을까라는 내용이다.

759 언제 어떠한/ 때가 되면 동생을/ 잡초가 자란/ 누추한 나의 집에/ 오게 할 수 있을까

해설

언제 동생을, 잡초가 자란 누추한 나의 집이지만 이곳에 맞이할 수 있을까라는 내용이다.

좌주 위는, 타무라노 오호오토메(田村大嬢)와 사카노우헤노 오호오토메(坂上大嬢)는 모두 右大弁 스쿠나마로(宿奈麿)경의 딸이다. 그가 田村 마을에 살았으므로, (딸의) 호를 田村大嬢이라고 하였다. 다만 동생인 坂上大嬢은 어머니가 坂上 마을에 살았으므로 坂上大嬢이라고 하였다. 이 때 자매는 안부를 묻는데 노래로 증답했던 것이다.

大伴坂上郎女從竹田庄贈女子大孃謌二首

760 打渡 竹田[1]之原尓 鳴鶴之 間無時無 吾戀良久波

うち渡す[2] 竹田の原に 鳴く鶴の 間無く時無し わが戀ふらくは

うちわたす　たけだのはらに　なくたづの　まなくときなし　わがこふらくは

761 早河之 湍尓居鳥之 縁乎奈弥 念而有師 吾兒羽裳阿怜

早河の 瀨にゐる鳥の 緣を無み[3] 思ひてありし[4] わが兒はもあはれ

はやかはの せにゐるとりの よしをなみ おもひてありし わがこはもあはれ

---

1 竹田 : 미미나시(耳成)산의 동북쪽. 일설에는 近鐵 大阪線 榛原驛이 남쪽.
2 渡す : 바라다 봄.
3 緣を無み : 머무는데 연고가 없다.
4 思ひてありし : 출발할 때 혼자 뒤에 남겨두는 것을 마음이 편하지 않다고 생각했다.

오호토모노 사카노우헤노 이라츠메(大伴坂上郎女)가 타케다(竹田) 농장에서 딸 오호오토메(大孃)에게 보낸 노래 2수

760 넓게 펼쳐진/ 타케다(竹田)의 들판에/ 우는 학처럼/ 끊어질 때가 없이/ 내가 그리워하네

넓게 펼쳐진 타케다(竹田)의 들판에서 학이 끊임없이 우는 것처럼 그렇게 나도 끊임없이 너를 그리워하고 있네라는 내용이다.

761 빠른 물살의/ 여울 속의 새처럼/ 마음 편찮게/ 생각하고 있었던/ 내가 사랑하는 딸아

해설

물살이 빠른 여울 속에 불안하게 있는 새처럼, 집에 불안하게 혼자 남겨두고 온 내 사랑하는 딸아라는 내용이다.

全集에서는 '내 딸 사랑스럽네'로 해석을 하였다.

紀女郎[1]贈大伴宿祢家持謌二首 [女郎 名曰小鹿也]

762 神左夫跡 不欲者不有 八也[2]八多 如是爲而後二 佐夫之家牟可聞

神さぶと 否とにはあらね はたやはた かくして[3]後に さぶしけむかも

かむさぶと　いなとにはあらね　はたやはた　かくしてのちに　さぶしけむかも

763 玉緒乎 沫緒二搓而 結有者 在手後二毛 不相在目八方

玉の緒[4]を 沫緒[5]によりて 結べらば ありて後にも あはざらめやも

たまのをを　あわをによりて　むすべらば　ありてのちにも　あはざらめやも

---

1 紀女郎 : 安貴王의 아내. 당시 다소 고령이었던 듯하며 그런 감회가 들어 있는 작품. 다만 미소를 짓게 하는 戯歌. 다음의 증답 3수도 모두 마찬가지이다.

2 八也 : 이 사이에 '多'가 탈락되었다고 생각된다.

3 かくして : 젊은 야카모치(家持)의 정에 끌리다.

4 玉の緒 : 목숨. 앞의 노래에서부터 生(よ)에 대한 관심이 이어지고 있다.

5 沫緒 : 물방울이라고 하는 구슬을 꿴 끈. 덧없는 것, 비현실적인 것의 비유. 따라서 만날 수 없다는 뜻이다.

키노 이라츠메(紀女郎)가 오호토모노 스쿠네 야카모치(大伴宿禰家持)에게 보낸 노래 2수 [女郎은 이름을 오시카(小鹿)라고 한다]

762 나이 들어서/ 싫다는 것 아니어요/ 한편으로는/ 이러하다 나중에/ 쓸쓸해질까 봐서

해설

그대가 나이가 들어서 싫다고 그러는 것이 아니랍니다. 만약 이렇게 사랑을 하다가 나중에 당신이 만나주지 않거나 해서 쓸쓸해지는 것은 아닐지 그것이 걱정이랍니다라는 내용이다.

763 사람 목숨이/ 물방울 꿴 끈으로/ 묶어진다면/ 아주 먼 훗날에도/ 못 만날 일 없겠죠

해설

사람 목숨이 물방울을 꿴 끈으로 묶어진다면 아주 먼 훗날에도 못 만날 일은 없겠지요라는 내용이다.

玉과 靈은 모두 발음이 '타마'이므로 '玉の緒'는 '靈の緒'와 같은 것이 된다. 영혼을 꿴 것이니 목숨이라는 뜻이 된다.

全集에서는 구슬을 꿴 끈을 아와끈(沫緒)에 비비어 묶는다면은 이러한 뒤에라도 못 만날 수 있겠죠라고 해석을 하였다.

大伴宿祢家持和謌一首

764 百年尒　老舌出而 与余牟友 吾者不厭 戀者益友

百年に 老舌出[1]でて よよむ[2]とも われはいとはじ 戀は益すとも

ももとせに おいじたいでて　よよむとも　われはいとはじ　こひはますとも

在久邇京[3]思留寧樂宅坂上大嬢 大伴宿祢家持作謌一首

765 一隔山 重成物乎 月夜好見 門尒出立 妹可將待

一重山 隔れるものを[4] 月夜よみ 門に出で立ち 妹か待つらむ

ひとへやま へなれるものを つくよよみ かどにいでたち いもかまつらむ

---

1 **老舌出**: 이가 빠진 입에서 나오는 노인의 혀.
2 **よよむ**: 비틀거리다.
3 **久邇京**: 天平 12년(740) 12월~16년 2월의 작품이다.
4 **一重山 隔れるものを**: 야카모치(家持)의 기분이 나타난다.

오호토모노 스쿠네 야카모치(大伴宿禰家持)가 답한 노래 1수

764 백세가 되어/ 늙어 혀가 나오고/ 비틀거려도/ 나는 신경 안 써요/ 더 사랑할지언정

해설

당신이 나이가 백세가 되어서 늙어 이가 빠진 까닭에 입술에 힘이 없어 혀끝이 나오고 허리 구부러진다 해도 나는 그런 것에 신경을 쓰지 않겠어요. 따라서 당신이 늙어서 싫다는 말을 하지 않을 것입니다. 오히려 사랑하는 마음이 더 강해질지언정이라는 내용이다.

쿠니노 미야코(久邇京)에 있을 때 나라(寧樂) 집에서 집을 지키고 있는 사카노 우혜노 오호오토메(坂上大孃)를 생각하여 오호토모노 스쿠네 야카모치(大伴宿禰家持)가 지은 노래 1수

765 하나의 산만/ 가로막혀 있는 걸/ 달이 좋으니/ 문 앞에 나와 서서/ 당신이 기다릴까

해설

산이 여러 겹으로 막혀 있는 것이 아니고 한 개의 산만 가로막혀 있고 달이 밝고 좋으니 혹시 내가 오는가 하고 문 앞에 나와 서서 당신은 나를 기다리고 있을 것인가요라는 내용이다.

藤原郎女聞之卽和歌一首

766 路遠 不來常波知有 物可良尒 然曾將待 君之目乎保利

路遠み 來じとは知れる ものからに 然そ待つらむ 君が目を欲り

みちとほみ　こじとはしれる　ものからに　しかそまつらむ　きみがめをほり

大伴宿祢家持 更贈大孃謌二首

767 都路乎 遠哉妹之 比來者 得飼飯而雖宿 夢尒不所見來

都路を[1] 遠みか妹が このころは 祈ひて[2]宿れど 夢に見え來ぬ

みやこぢを とほみかいもが このころは うけひてぬれど いめにみえこぬ

---

1 都路を: 서울로 가는 길은 다음 작품으로 보아 久邇京으로 가는 길로 생각된다. 따라서 아내에게로 가는 길.
2 祈ひて: 서약하고 비는 것.

후지하라노 이라츠메(藤原郎女)가 이것을 듣고 곧 답한 노래 1수

766 길이 멀어서/ 못 오시리라고는/ 알았지마는/ 그렇게 기다리죠/ 당신 만나고 싶어

해설

길이 멀어서 그대가 못 오시리라고는 알았지만 그래도 그렇게 문앞에 서서 기다리지요. 그대를 만나고 싶어서요라는 내용이다.

私注에서는 '후지하라노 이라츠메(藤原郎女)는 藤原氏의 여성이겠지만 상세하게는 알 수 없다. 작품도 이 1수뿐이다. 가끔 쿠니(久邇)京에 있으면서 야카모치(家持)의 노래를 듣기도 하고 오호오토메(大嬢)를 생각하며 답한 것이겠다. 그 정도 내용뿐인 노래이다'고 하였다[『萬葉集私注』 2, p.471].

오호토모노 스쿠네 야카모치(大伴宿禰家持)가 다시 오호오토메(大嬢)에게 보낸 노래 2수

767 도읍까지 길/ 멀기 때문일까요/ 요 근래에는/ 기원하고 잠자도/ 꿈에 보이지 않네

해설

도읍까지는 길이 멀기 때문일까요. 요 근래에는 그대를 꿈에서라도 보고 싶다고 빌고 잠을 자도 그대가 꿈에 보이지를 않네요라는 내용이다.

768 今所知 久邇乃京尒 妹二不相 久成 行而早見奈

今[1]しらす 久邇の京に 妹に逢はず 久しくなりぬ 行きてはや見な

いましらす くにのみやこに いもにあはず ひさしくなりぬ ゆきてはやみな

大伴宿祢家持報贈紀女郎謌一首

769 久堅之 雨之落日乎 直獨 山邊尒居者 鬱有來

ひさかたの 雨の降る日を ただ獨り[2] 山邊[3]にをれば いぶせかりけり

ひさかたの あめのふるひを ただひとり やまへにをれば いぶせかりけり

---

1 今 : 새로운. 현재라는 뜻이 아니다.
2 ただ獨り : 당신 없이 다만 혼자서라는 뜻이다.
3 山邊 : 마을도 드문드문한 久邇의 산 근처.

768 지금 도읍인/ 쿠니(久邇)의 도읍지서/ 그대 못 만난지/ 오래 되어 버렸네/ 가서 곧 보고 싶네

해설

지금의 도읍인 쿠니(久邇)에서 그대를 못 만난 지 오래 되어 버렸네. 곧 가서 그대를 만나보고 싶네라는 내용이다.

작자는 지금 새로운 도읍지인 久邇京에 있고, 오호오토메(大嬢)는 나라(奈良 : 寧樂)에 있음을 알 수 있다.

오호토모노 스쿠네 야카모치(大伴宿禰家持)가 키노 이라츠메(紀女郎)에게 답하여 보낸 노래 1수

769 (히사카타노)/ 흐려 비오는 날을/ 다만 혼자서/ 산 근처에 있으면/ 마음도 답답하네

해설

하늘이 흐려서 비가 오는 울적한 날에, 그대 없이 다만 혼자서 산 근처에 외롭게 있으면 마음까지도 울적하고 답답하네라는 내용이다.

大伴宿祢家持従久邇京贈坂上大嬢謌五首

770 人眼多見 不相耳曾 情左倍 妹乎忘而 吾念莫國

人眼多み 逢はなくのみそ 情さへ[1] 妹を忘れて わが思はなくに[2]

ひとめおほみ あはなくのみそ こころさへ いもをわすれて わがおもはなくに

771 僞毛 似付而曾爲流 打布裳 眞吾妹兒 吾尒戀目八

僞りも 似つきてそする 顯しくも[3] まこと吾妹子 われに戀ひめや[4]

いつはりも につきてそする うつしくも まことわぎもこ われにこひめや

---

1 **情さへ**: 몸에 대해 마음까지.
2 **わが思はなくに**: 그녀를 잊고 생각하는 것은 아닌데.
3 **顯しくも**: 실제로.
4 **われに戀ひめや**: 강한 부정을 내포한 의문이다.

오호토모노 스쿠네 야카모치(大伴宿禰家持)가 쿠니노 미야코(久邇京)에서 사카노우헤노 오호오토메(坂上大嬢)에게 보낸 노래 5수

770 사람들 눈 많아/ 못 만날 뿐이지요/ 마음까지도/ 당신 잊어버리고/ 있는 것은 아니지요

해설

사람들의 눈이 많으므로 소문이 날까봐 조심스러워서 못 만나고 있을 뿐이지요. 마음까지도 당신을 잊어버리고 있는 것은 아니랍니다라는 내용이다.

'妹を忘れて 我が思はなくに'는 직역하면 '당신을 잊어버리고 내가 생각하고 있는 것은 아닌데' 이다. 이것은 곧 잊어버리지 않고 있다는 말이다. 독특한 표현방식이다.

771 거짓말도요/ 정말같이 해야죠/ 본심에서요/ 실제로 당신께서/ 날 사랑하는가요

해설

거짓말을 해도 정말처럼 해야지요. 본심에서 당신이 진정으로 나를 사랑하고 있기나 한가요라는 내용이다.

정말같이 말해도 모자랄 것인데 그렇게 사랑하지 않으면서도 사랑하는 것처럼 말하면 되느냐는 것이다.

772 夢尒谷 將所見常吾者 保杼毛友[1] 不相志思者 諸不所見有武

夢にだに 見えむとわれは 保杼毛友 逢はずし思えば 諸見えずあらむ[2]

いめにだに　みえむとわれは　ほどもとも　あはずしもえば　うべみえずあらむ

773 事不問 木尙味狹藍 諸弟等之 練乃村戸二 所詐來

言問はぬ 木すら紫陽花[3] 諸弟[4]らが 練の村戸に あざむかえけり

こととはぬ きすらあぢさゐ もろとらが ねりのむらとに あざむかえけり

1 保杼毛友 : 미상. 혹은 '모(毛)'는 '無·无'의 誤字(注釋)로 '奔む'하다는 말인가. 힘쓰다, 격려하다는 뜻.
2 諸見えずあらむ : 그러니 만나주었으면 좋겠다는 뜻이다.
3 紫陽花 : 중국의 자양화와 다르다.
4 諸弟 : 사람 이름인가. 이하 난해구로 여러 설이 있다.

772 당신 꿈속에/ 보일거라고 나는/ 保杼毛友/ 만나잖고 있으니/ 당연히 안 보이겠죠

해설

적어도 당신의 꿈에만이라도 보이려고 나는 保杼毛友. 역시 만나지 않고 생각만 하고 있으니 꿈에 보이지 않는 것도 당연하겠지요라는 내용이다.

全集에서는 '保杼毛友'를 '옷끈 풀지만'으로 해석을 하여 '꿈에서라도 보일 것이라 생각을 하고 옷끈을 풀고 잤지만, 서로 같이 생각하는 것이 아니므로 꿈에 보이지 않는 것도 당연하겠지요'로 해석을 하였다.

옷끈이 저절로 풀리면 상대방이 자신을 생각하기 때문이라는 속신이 고대 일본에 있었다. 따라서 작자는 사카노우헤노 오호오토메(坂上大嬢)가 보고 싶어서 그런 속신을 이용하여 일부러 옷끈을 풀고 잠을 자며 꿈에서라도 만나기를 원했지만 꿈에서 보지 못하자 자신만 坂上大嬢을 그리워하는 것이지 坂上大嬢은 자신을 생각해 주지 않는 것이라고 하였다.

保杼毛友는 난해구이다. 우베(うべ)'는 당연히 그러하다는 의미이다.

773 말을 못하는/ 수국도 변하네요/ 모로토라(諸弟)의/ 교묘한 말 꾸밈에/ 속아 넘어 갔네요

해설

말을 못하는 나무지만 수국같이 변하는 꽃도 있답니다. 모로토라(諸弟)의 교묘한 마음에 속아 버렸네라는 내용이다.

全集에서는 '말을 하지 않는 나무조차도 수국처럼 7겹 8겹으로 피는 것이 있답니다. 모로토라(諸弟)의 허풍에 속아버렸네'로 해석을 하고, 또 '木すらあじさゐ는 어떤 뜻인지 잘 알 수 없으나 나무라고 해도 수국화처럼 7겹 8겹으로 피는 것이 있다는 뜻이며. 모로토라(諸弟)도 누구인지 알 수 없으나 아마도 작자 오호토모노 스쿠네 야카모치(大伴宿禰家持)와 사카노우헤노 오호오토메(坂上大嬢) 사이에서 왔다 갔다 하며 말을 전하였던 사람이었던 것 같다'고 하였다[全集『萬葉集』1, p.387].

774 百千遍 戀跡云友 諸弟等之 練乃言羽者 吾波不信

百千たび 戀ふといふとも 諸弟らが 練のことばは われは信まじ

ももちたび こふといふとも もろとらが ねりのことばは われはたのまじ

大伴宿祢家持贈紀女郎謌一首

775 鶉鳴 故郷從 念友 何如裳妹尒 相縁毛無寸

うづら鳴く[1] 故りにし鄕ゆ 思へども[2] 何そも妹に 逢ふ縁も無き

うづらなく ふりにしさとゆ おもへども なにそもいもに あふよしもなき

---

1 **うづら鳴く**: 간혹 황폐한 풍경에 사용된다.
2 **故りにし鄕ゆ 思へども**: 사랑하는 마음이 오래되었음을 말한다.

774 백번 천번을/ 사랑한다고 해도/ 모로토라(諸弟)의/ 교묘히 꾸미는 말/ 나는 믿지 않겠네

해설

백번, 천번 나를 사랑한다고 해도 모로토라(諸弟)가 교묘하게 꾸미는 말을 이제 나는 절대로 믿지 않겠네라는 내용이다.

이 작품군은 전체적으로 보면 작자와 사카노우헤노 오호오토메(坂上大嬢) 사이에 오해가 있었던 것 같고, 그것에 대해 작자는 불평을 말하고 있는 듯하다. 470번가를 보면 아마도 坂上大嬢은 작자가 오래 동안 찾아 주지 않는 것에 대해 불만을 가졌던 것인지도 모르겠다. 771번가부터 774번가까지를 보면 다른 相聞歌들과는 달리 무언가 화가 난 듯하며 그 화를 771번가 772번가에서는 坂上大嬢에게 내고 있다. 그러다가 그 다음에는 두 사람 사이에 간격이 생긴 것이 모로토라(諸弟) 때문이라고 화살을 모로토라(諸弟)에게 돌리고 있다.

그런데 오호토모노 스쿠네 야카모치(大伴宿禰家持)는 여러 여성들에게 사랑의 노래를 보내고 있는 것으로 보아 坂上大嬢는 그런 야카모치(家持)에게 화가 났던 것인지도 모르겠다.

오호토모노 스쿠네 야카모치(大伴宿禰家持)가 키노 이라츠메(紀女郎)에게 보낸 노래 1수

775 메추리 우는/ 옛 도읍지서부터/ 생각했지만/ 어찌해서 당신을/ 만날 방도 없는가

해설

메추라기가 우는 옛 도읍지인 나라(奈良)에 있었을 무렵부터 당신을 생각하고 있었지만 무엇 때문에 당신을 만 날 방도가 없는 것일까라는 내용이다.

'古りにし里'는 나라(奈良)를 말한다.

紀女郎報贈家持謌一首

776 事出之者 誰言尓有鹿 小山田之 苗代水乃 中与杼尓四手

言出しは 誰が言なるか 小山田[1]の 苗代水の 中淀にして

ことでしは たがことなるか をやまだの なはしろみづの なかよどにして

大伴宿祢家持 更贈紀女郎謌五首

777 吾妹子之 屋戸乃籬乎 見尓往者 盖從門 將返却可聞

吾妹子が 屋戸の籬を 見に行かば けだし門より 返してむかも

わぎもこが やどのまがきを みにゆかば けだしかどより かへしてむかも

1 小山田: 산에 있는 밭은 특히 물을 끌어(引)들이므로 가끔 고인다.

키노 이라츠메(紀女郎)가 야카모치(家持)에게 답하여 보낸 노래 1수

776 말을 낸 것은/ 누구이었습니까/ 야마다(山田)의요/ 모밭의 물과 같이/ 도중에 멈추고선

해설

먼저 속마음을 밝혀 사랑한다고 말을 한 사람이 누구였던가요. 그런데 야마다(山田)의 모밭의 물이 중간에 끊어지듯이 도중에 사랑을 멈추고 찾아오지 않다니요라는 내용이다.

이 작품을 보면 오호토모노 스쿠네 야카모치(大伴宿禰家持)는 키노 이라츠메(紀女郎)에게서도 신뢰를 받지 못하고 있음을 알 수 있다.

오호토모노 스쿠네 야카모치(大伴宿禰家持)가 다시 키노 이라츠메(紀女郎)에게 보낸 노래 5수

777 당신이 사는/ 집의 울타리를요/ 보러 간다면/ 혹시 문에서부터/ 돌려보낼 테지요

해설

만약 내가 당신을 만나고 싶어서 찾아간다면 나를 집에 들이지 않고 문에서부터 돌려보낼 테지요라는 내용이다.

울타리 또는 대문을 보러간다는 것은 상대방을 만나러 간다는 뜻이다.

778 打妙尒 前垣乃酢堅 欲見 將行常云哉 君[1]乎見尒許曾

うつたへに 籬の姿 見まく欲り 行かむと言へや 君を見にこそ

うつたへに まがきのすがた みまくほり ゆかむといへや きみをみにこそ

779 板盖之 黑木乃屋根者 山近之 明日取而 持將參來

板葺の 黑木[2]の屋根は 山近し[3] 明日取りて 持ち參り來む

いたぶきの くろきのやねは やまちかし あすのひとりて もちまゐりこむ

---

1 **君**: 여성에게 君이라고 한 것은 戲歌.
2 **板葺の 黑木**: 지붕을 만드는데 사용하는 판자인데 껍질이 그대로 붙어있다.
3 **山近し**: 쿠니(久邇)在京을 말한다.

778 무턱대고서/ 울타리의 모습이/ 보고 싶어서/ 가려고 하겠나요/ 당신 보고 싶어서

해설

무턱대고 그대 집의 울타리가 보고 싶어서 그대 집에 가려고 할 리가 있겠나요. 실은 그대를 보고 싶어서 찾아가려는 것이지요라는 내용이다.

779 판자 지붕 할/ 검은 나무 재료는/ 산이 가까워/ 내일이라도 베어/ 가지고 찾아가죠

해설

지붕을 만드는데 사용하는, 껍질이 그대로 붙어있는 검은 나무판자는 내게 맡겨 주세요. 다행이 나는 산 근처에 있으니, 내일이라도 그것들을 가지고 가지요라는 내용이다.

아마도 키노 이라츠메(紀女郞)가 판자 지붕을 만들기 위한 검은 나무를 필요로 한다는 것을 듣고 지은 노래인 듯하다.

780 黑樹取 草毛苅乍 仕目利 勤和[1]氣登 將譽十方不有 [一云, 仕登母]

黑木取り 草も[2]刈りつつ 仕へめど 勤しき奴[3]と 譽めむともあらず[一は云はく, 仕ふとも[4]]

くろきとり かやもかりつつ つかへめど いそしきわけと ほめむともあらず [あるはいはく, つかふとも]

781 野干玉能 昨夜者令還 今夜左倍 吾乎還莫 路之長手呼

ぬばたまの 昨夜は還しつ 今夜さへ われを還すな 路の長道を

ぬばたまの きそはかへしつ こよひさへ われをかへすな みちのながてを

---

1 **和**: 여러 이본에는 '知'로 되어 있다.
2 **草も**: 초막 지붕에 덮는 일도 있지만, 여기서는 엮어서 벽으로 하는 재료를 말한다.
3 **奴**: 552번가, 778번가의 君과 호응한다.
4 **仕ふとも**: 실제는 아무 노동도 하지 않을 것이다. 一云은 그것을 나타낸다.

780 검은 나무를/ 베고 풀도 베면서/ 돕는다 해도/ 부지런한 놈이라/ 칭찬할 것 같지 않네 [혹은, 봉사하여도]

해설

그대 집의 지붕을 덮을 판자를 위해 검은 나무를 베고 풀도 베고 하면서 돕는다고 해도 나를 부지런한 사람이라고 칭찬할 것 같지가 않네요라는 내용이다.

781 (누바타마노)/ 어제밤 보냈지요/ 오늘밤까지/ 날 보내지 말아요/ 길이 멀고 먼 것을

해설

매우 깜깜한 밤길을 어제 밤에는 돌려보내었지요. 오늘밤까지 나를 돌려보내지 말아 주세요. 멀고 먼 길을이라는 내용이다.

紀女郎褁物贈友[1]謌一首 [女郎 名曰小鹿也]

782 風高 邊者雖吹 爲妹 袖左倍所沾而 苅流玉藻焉

風高く[2] 邊には吹けども 妹がため 袖さへ[3]濡れて 苅れる玉[4]藻そ

かぜたかく　へにはふけども　いもがため　そでさへぬれて　かれるたまもそ

大伴宿祢家持贈娘子謌三首

783 前年之 先年從 至今年 戀跡奈何毛 妹尒相難

前年の[5] 先つ年より 今年まで 戀ふれど何そも 妹に逢ひ難き

をととしの　さきつとしより　ことしまで　こふれどなそも　いもにあひがたき

---

1 **友**: 여자 친구.
2 **風高く**: 하늘을 덮고 구름의 흐름도 빠르게 부는 바람. 뛰어난 표현이다.
3 **袖さへ**: 치마는 물론.
4 **玉**: 美稱.
5 **前年の**: 당시에는 '前'·'昨'·'今'의 순서로 표기했다. '前日도 昨日도 今日도'(1014번가). '노(の)'는 '~라고 하는' 이라는 뜻이다. 따라서 前年은 재작년이 된다.

키노 이라츠메(紀女郎)가 선물을 친구에게 보낸 노래 1수 [女郎은 이름을 오시카(小鹿)라고 한다]

782 바람 심하게/ 해안에는 불어도/ 당신 위해서/ 소매까지 적시며/ 뜯은 해초랍니다

해설

해안에 바람이 심하게 불었지만, 당신 위해서 그 바람을 맞으며 또 옷소매까지 물에다 적시면서 뜯은 해초랍니다라는 내용이다.

오호토모노 스쿠네 야카모치(大伴宿禰家持)가 娘子에게 보낸 노래 3수

783 재작년의 또/ 그전의 해로부터/ 올해까지요/ 사랑해도 어째서/ 그대 만나기 어렵나

해설

그대를 사랑하는데도 재작년의 그 앞의 해부터 올해까지 어째서 이렇게 오랫동안 만나기가 어렵나요라는 내용이다.

784 打乍二波 更毛不得言 夢谷 妹之手本乎 纏宿常思見者

現には またも得言はじ[1] 夢にだに 妹が手本を まき寝とし見ば

うつつには　またもえいはじ　いめにだに　いもがたもとを　まきぬとしみば

785 吾屋戸之 草上白久 置露乃 壽母不有惜 妹尒不相有者

わが屋戸の 草の上白く 置く露の 命も惜しからず 妹に逢はずあれば

わがやどの くさのうへしろく　おくつゆの　みもをしからず　いもにあはずあれば

---

1 **得言はじ** : 옷소매를 베개로 하고 싶은데. 처음부터 '得言はじ'에 주안점이 있는 것이 아니라, 꿈에 함께 자고 싶다는 데 있다.

784 현실에서는/ 감히 말할 수 없죠/ 꿈에서라도/ 당신 팔베개 하고/ 잔 꿈 꿀 수 있다면

해설

현실에서는 이 이상 어떻게 팔베개를 하고 싶다고 말할 수 있겠나요. 적어도 당신의 팔베개를 베고 자는 꿈이라도 꿀 수가 있다면 좋겠네요라는 내용이다.

全集에서는 '정말 만날 수 있다면 더 말할 것 없겠죠. 적어도 꿈에서라도 당신 팔을 베고 잤다고 한다면 얼마나 좋을까요'로 해석하였다.

제5구의 '巻き寝とし見ば'는 베고 잔 것을 볼 수만 있다면이라는 뜻이다.

결국 현실에서 만나지 못한다면 그런 꿈이라도 꾸고 싶었는데 그런 꿈을 꾸지 못했다는 내용이다.

785 내 집 정원의/ 풀잎 위에 희게 내린/ 이슬과 같이/ 목숨도 아깝잖네/ 당신을 만나지 못하니

해설

우리집 정원의 풀잎 위에 하얗게 내린 이슬이 곧 사라지듯이 허망한 내 목숨도 사라진다고 해도 아깝지가 않네. 그대를 만나지 못하고 있으니라는 내용이다.

제 4구 '壽母不有惜'의 '壽'를 '미(身)'로 읽은 경우도 있고 '이노치(命)'로 읽은 경우도 있다. 전자로 읽으면 7음이 되고, 후자로 읽으면 9음이 된다.

大伴宿祢家持報贈藤原朝臣久須麿[1]謌[2]三首

786 春之雨者 弥布落尒 梅花 未咲久 伊等若美可聞

春の雨は いや頻降るに[3] 梅の花[4] いまだ咲かなく いと若みかも

はるのあめは いやしきふるに うめのはな いまださかなく いとわかみかも

787 如夢 所念鴨 愛八師 君之使乃 麻祢久通者

夢のごと 思ほゆるかも 愛しきやし 君が使[5]の 數多く通へば

いめのごと おもほゆるかも はしきやし きみがつかひの まねくかよへば

788 浦若見 花咲難寸 梅乎殖而 人之事重三 念曾吾爲類

末若み[6] 花咲きがたき 梅を植ゑて[7] 人の言繁み[8] 思ひ[9]そわがする

うらわかみ はなさきがたき うめをうゑて ひとのことしげみ おもひそわがする

---

1 **藤原朝臣久須麿**: 天平 寶字 2년(758) 從五位下. 天平 勝寶 年間에 지은 것인가. 사살되었다.
2 **報贈藤原朝臣久須麿謌**: 야카모치(家持)의 딸에게 쿠스마로(久須麿)가 구혼하고, 그 구혼가에 대한 답가인가. 4216번가의 左注.
3 **頻降るに**: 구혼이 많은 것의 비유.
4 **梅の花**: 딸의 비유.
5 **君が使**: 청혼 때문에 찾아온 사람.
이 작품은 딸의 입장에서 지은 노래이다.
6 **末若み**: '우라(うら)'는 본래, 마음. 어쩐지 그렇게 느껴지는 경우에 사용한다.
7 **梅を植ゑて**: 딸을 가지고.
8 **人の言繁み**: 혼담과 소문.
9 **思ひ**: 걱정.

오호토모노 스쿠네 야카모치(大伴宿禰家持)가 후지하라노 아소미 쿠스마로(藤原朝臣久須麿)에게 답하여 보낸 노래 3수

786 봄비는 이렇게/ 계속 내리지마는/ 매화꽃은요/ 아직 피지 않네요/ 너무 어린 탓일까

해설

봄비가 계속 내리고 있으므로 매화꽃이 곧 필 것 같아 매화꽃이 피기를 기다리지만 아직 꽃이 피지 않고 있네요. 나무가 너무 어린 탓일까요라는 내용이다.

혹은 제5구의 'いと若みかも'를 '꽃봉오리가 너무 단단한 것일까'로 해석하는 경우도 있다. 이 작품만 보면 서경을 노래한 것 같아 보인다. 그러나 다음의 2수와 관련하여 생각하면 비유가임을 알 수 있다.

787 꿈인 것같이/ 생각이 되는군요/ 생각을 하던/ 당신이 보낸 사람/ 자주 찾아오므로

해설

마치 꿈인 것만 같네요. 내가 사랑하는 당신이 보낸 사람이 계속해서 찾아오니까요라는 내용이다.

788 너무 어려서/ 꽃도 피지를 않은/ 매화를 심어서/ 사람들의 말 많으니/ 마음이 불안하군요

해설

너무 어려서 꽃도 피지 않은 매화를 우리집 정원에 심어서 사람들이 말을 많이 해 오니 마음이 불안하고 애가 타네요라는 내용이다.

又家持贈藤原朝臣久須麿謌二首

789 情八十一　所念可聞　春霞　輕引時二　事之通者

情ぐく[1] 思ほゆるかも 春霞 たなびく時に 言の通へば

こころぐく おもほゆるかも はるがすみ たなびくときに　ことのかよへば

790 春風之　聲尒四出名者　有去而　不有今友　君之隨意

春風の 聲に[2]し出なば ありさりて[3] 今ならずとも 君がまにまに

はるかぜの おとにしでなば ありさりて いまならずとも きみがまにまに

---

1 **情ぐく**: 구혼을 결단할 수 없는 모양. 그것을 풍경에 의탁하여 표현하였다. 用字 '구쿠(ぐく)'는 구구셈의 九九. 789번가는 딸의 입장에서의 작품이다.

2 **春風の 聲に**: 강한 바람의 소리. 789번가의 '코코로구(心ぐ)'한 현상이 바라던 풍경.

3 **ありさりて**: 계속하여. 789번가에서 전면적으로 결단하고 있는 것이 아니므로 가정을 나타내는 '나바(なば)', 그리고 '아리사리테(ありさりて)'와 '이마나라즈(いまならず)'를 거의 중복한 표현, 가정 '토모(とも)', 마지막의 술어의 생략, 그리고 전체의 구의 끊어짐이 많고 말을 우물거리는 발상이 된다.
790번가는 딸의 입장에서의 작품이다.

또 야카모치(大伴宿禰家持)가 후지하라노 아소미 쿠스마로(藤原朝臣久須麿)에게 보낸 노래 2수

789 울적하게도/ 생각이 되는군요/ 봄 아지랑이/ 아른거리는 때에/ 소식이 오니까요

해설

울적하게도 생각이 되는군요. 봄 아지랑이 아른거리는 때에 혼담 소식이 오는데 결단을 내릴 수가 없으니까요라는 내용이다.

790 봄바람이요/ 소리 내어 불면은/ 맘도 밝겠죠/ 지금은 아니라도/ 그대의 기분대로

해설

봄바람이 소리 내어 불면 그 봄바람에 마음의 울적함도 걷히겠지요. 그러나 지금 당장은 아니더라도 어찌되었든 그 사이에 그대의 원하는 대로 되겠지요라는 내용이다.

全集에서는 '소문이 난다면은 그 사이에, 지금 당장이 아니라도 그대 원하는 대로 되겠지요'로 해석을 하였다. 注釋에서는 '입으로 말을 확실하게 해 주시기만 하신다면 이대로 지내면서, 지금이 아니라도 당신의 원하는 대로'라고 해석하였다.

藤原朝臣久須麿來報謌二首

791 奥山之 磐影尒生流 菅根乃 懃吾毛 不相念有哉

奥山の 磐かげに生ふる 菅の根[1]の ねもころわれも[2] 相思はずあれや

おくやまの　いはかげにおふる　すがのねの　ねもころわれも　あひおもはずあれや

792 春雨乎 待常二師有四 吾屋戸之 若木乃梅毛 未含有

春雨を 待つ[3]とにしあらし わが屋戸の 若木の梅も[4] いまだ含めり

はるさめを　まつとにしあらし　わがやどの　わかぎのうめも　いまだふふめり

1 **菅の根**: 뿌리가 깊어 친밀하듯이.
2 **われも**: 상대방에 대해서 나도.
3 **春雨を 待つ**: 786번가와 호응. 다만 이 1수는 모두 실제 풍경이다. 실제 풍경에 의해 동감을 하고, 상대방의 말을 알았다는 느낌을 노래하였다.
4 **梅も**: 딸에 대해서 매화도.

후지하라노 아소미 쿠스마로(藤原朝臣久須麿)가 답하여 보낸 노래 2수

791 오쿠야마(奧山)의/ 바위 그늘에서 자란/ 골 뿌리같이/ 친밀하게도 나도/ 사모하지 않겠는가요

해설

오쿠야마(奧山)의 바위 그늘에서 자란 골풀 뿌리처럼 나도 마음을 다하여 사모하겠습니다라는 내용이다.

'수가노네노(すがのねの)'의 '네(ね)'가 다음 구의 '네모코로와레모(ねもころわれも)'의 '네(ね)'에 연결된 것이다.

792 봄의 단비를/ 기다리는 것 같네요/ 우리 집 정원/ 어린 나무 매화도/ 아직 봉오리네요

해설

봄의 단비를 기다리고 있는 것 같네요. 내 딸이 어리듯이 우리 집 정원에 심은 어린 나무 매화도 아직 봉오리네요라는 내용이다.

이연숙李姸淑

부산대학교 국어국문학과를 졸업하고 동대학원 국어국문학과 석・박사과정(문학박사)과 동경대학교 석사・박사과정을 수료하였다. 현재 동의대학교 국어국문학과 교수로 있으며, 한일문화교류기금에 의한 일본 오오사카여자대학 객원교수(1999. 9~2000. 8)를 지낸 바 있다.

저서로는 『新羅鄕歌文學硏究』(박이정출판사, 1999), 『韓日 古代文學 比較硏究』(박이정출판사, 2002: 2003년도 문화관광부 추천 우수학술도서 선정), 『일본고대 한인작가연구』(박이정출판사, 2003), 『향가와 『만엽집』 작품의 비교 연구』 (제이앤씨, 2009: 2010년도 대한민국학술원 우수학술도서 선정) 등이 있으며 논문으로는 「고대 동아시아 문화 속의 향가」 외 다수가 있다.

한국어역 **만엽집 3**
– 만엽집 권 제4 –

초판 인쇄 2012년 7월 27일 | **초판 발행** 2012년 8월 3일
역해 이연숙 | **펴낸이** 박찬익 | **책임편집** 김민영・이기남
펴낸곳 도서출판 **박이정** | **주소** 서울시 동대문구 용두동 129-162
전화 02) 922-1192~3 | **팩스** 02) 928-4683
홈페이지 www.pjbook.com | **이메일** pijbook@naver.com
온라인 국민 729-21-0137-159 | **등록** 1991년 3월 12일 제1-1182호
ISBN 978-89-6292-325-4 (93830)

* 책값은 뒤표지에 있습니다.